人生で後悔しているたったひとつのこと

刀根健

僕は、いつかは「死ぬ」ということを、
知識では知っていた。

そして、「死ぬ時に後悔しないように」と、
自分なりに実践してきたつもりだった。

しかし、目の前に「死」が現れ、
唐突に断崖絶壁に立たされた。
足元は底なし真っ暗闇だ。

それは、頭で考えていたものと、違っていた。
「つもり」と「体験」は、まったく別物だった。

命の導火線がわずかしか
残っていないとわかった時、
僕は慌てふためき、
不安や恐れに取り憑かれ、
強気と弱気の間を行ったり来たり、
ジタバタとさまよった。

後悔しないように生きてきたつもりでも、
実際に死に直面すると、
みっともないほど右往左往する自分がいた。

ここでは僕が体験し、その時に感じ、
考えたことを、そのままお伝えしたいと思う。

はじめに

運命は、かく扉を叩く。

ベートーヴェン

2016年9月1日、僕は都内の大学病院の診察室にいた。

目の前に座った医師は、眉間にシワを寄せ、目を伏せながら言った。

「病気の名前は、肺がんです」

「肺がん……」

医師は続けた。

「これ、あなたの左胸です。ここのところ、ちょうど鎖骨のちょっと下あたりに1・6センチほどの影が写ってます」

僕は画像を見た。僕の左胸のＣＴ画像に、ギザギザした白い塊が写っていた。

「これですね」

その白い塊は、自分の存在を主張するかのように光を放っていた。

「それと肺の中の空気の通り道、気道のこの真ん中のあたり、ここも怪しい」

肺の真ん中を通る黒い道の分岐点も、怪しく光っていた。

僕は、不安を打ち消すように言った。

「体調は至って元気なんですが。タバコ吸ってないですし」

「タバコを吸わない人のタイプのがんなんです。刀根さんのは。肺がんは自覚症状が出た時には、相当進んでいる可能性が高い病気なのです」

「相当……」

「検査では、左の肺門のリンパの流れまで領域が広がっているということがわかりました」

医師が指した先の部分が、右胸よりも明らかに膨れている。

リンパ……。

医師は、淡々と続けた。

「さらに、胸骨」

胸骨？　骨も？　まさか……そんなに？

医師の言葉は、追い討ちをかけるように続いた。

「右の肺にも小さいプチプチがあります。おそらくこれも……」

僕は言葉を失った。

「進行度は骨を入れない状態で3のA、骨まで考えると4期」

4期……てことは、ステージ4？　まさか。

僕は、すかさず聞いた。

「1年生存率は？」

医師は、淡々と言った。

「はい。4期として考えますと、3割」

ということは、1年以内に死ぬ確率が7割っていうこと？

えええ？　1年以内に死ぬ？

後で調べたら、5年生存率は1割以下だった。

僕は自分を落ち着かせようと、聞いた。

「抗がん剤って、本当に効くのですか？」

効きますと言ってほしかったが、医師は淡々と答えた。

「わかりません。やってみないとわかりません。肺がんは、抗がん剤が効きにくい難しいがんなのです」

「難しいがん……」

「お薬が効く可能性は、おおよそ4割です」

4割って……。

「ということは、6割は効かないということですか？」

「はい、残念ながらそうです」

ちょっと、待ってくれよ……。

医師は、淡々と続けた。

「もし仮にお薬が効いたとしても、いずれがんが耐性を持ち、抗がん剤が効かなくなります。となると、次のお薬に変えていきます。その薬も効く確率は4割です。そうやってお薬を変えて、延命していくしかありません」

延命……えんめい……。

僕はその言葉に、「死」を宣告された気がした。

ということは、抗がん剤が効く確率が4割で、それが効かなくなって薬を変えても、次の薬も効く可能性は4割。

つまり、いずれ近い将来、抗がん剤が効かなくなって死ぬか、抗がん剤の副作用で死ぬか、どっちかしかない。

僕の頭の中に命の導火線がぱちぱちと音をたて、燃え進んでいく様子が浮かんだ。しかも、導火線はあとわずかしか残っていなかった。

「治らないのですか？」

「治りません」

医師は、きっぱりと言った。

僕はいつかは「死ぬ」ということを、知識では知っていた。

そして「死ぬ時に後悔しないように」と、自分なりに実践してきたつもりだった。

選択に迷った時、立ち止まり、自分に聴く。

この選択で、死ぬとき後悔しないか？

本当に、いいのか？

これで、いいのか？

これで死んで、いいのか？

この問いかけに「NO」と言ったことで左遷されたこともあったし、会社を辞めたこともあった。

そうやって、後悔しない人生を生きてきたつもりだった。

だから「死」が訪れた時、「我が人生に、後悔なし」と言えると思っていた。

しかし、目の前に「死」が現れ、唐突に断崖絶壁に立たされた。足元は底なし真っ暗闇だ。

それは、頭で考えていたものやわかっていたものと、違っていた。

「つもり」と「体験」は、まったく別物だった。

命の導火線がわずかしか残っていないとわかった時、僕は自分がこんなにも慌てふためき、動揺し、不安や恐れに取り憑かれ、死を恐れ、強気と弱気の間を行ったり来たり、ジタバタとさまようことになろうとは思っていなかった。

後悔しないように生きてきたつもりでも、実際に死に直面すると、みっともないほど右往左往する自分がいた。

ここでは僕が体験し、その時に感じ、考えたことを、そのままお伝えしたいと思う。

何かのご参考になれば、僕もがんになった甲斐があるというものだ。こんなに嬉しいことはない。

賢者の言葉

死がやってきてあなたを彼方へと引きずっていく前に、
あなた自身になりなさい。

OSHO

人生で後悔している
たったひとつのこと

《目次》

もっと妻と話をすればよかった

私はあなたに、自分がどんな人間だか話すのが恐ろしい。
なぜなら、もしあなたに話したら、この私を好きでなくなるかもしれないから。

ジョン・パウエル

肺がんのステージ4の宣告

２０１６年9月1日、午前中に僕は大学病院で診察を受け、肺がんのステージ４の宣告を受けた。

大変なことになった……これはいままで通りのんびりと仕事をしている場合ではない。

僕は真っ黒な底なしの断崖絶壁につま先立ちで立っている気分だった。

午後、会社に出勤し、社長に報告した。

「今日の診察の結果なんですが……実は肺がんでした。しかも、ステージ4でした」

「え？　嘘でしょ？　ホントに？」

彼女は心配そうに眉を寄せ、驚いた。

僕は医師から聞いた話を一通りした。

「まさか……元気だったじゃない。……信じられない」

「僕もです。肺がんは症状が出にくいので、気づいた時には進行していることが多いのだそうです」

「そうなんだ……」

治療に専念するため、明日からの勤務を不定期にする許可をもらった。

僕の仕事は、コミュニケーションやリーダーシップなどを、企業や官公庁で研修する講師。研修の仕事が入っていない日であれば、幸いにして割と都合をつけられる仕事だった。

「わかった。いいわよ」

社長は二つ返事で、快くOKを出してくれた。

「大丈夫、刀根さんなら絶対治るから」

そう言って、励ましてくれた。

会社として事情はいろいろあったと思うが、即座に許可を出してくれた社長には、いまでも感謝しかない。

また僕は、夜、ボクシングジムでトレーナーもしていて、三人のプロ選手を指導していた。

この日の帰り、いつも通りジムに行き、会長と話をした。

「えっ、マジですか？」

会長は絶句した。

「はい。僕も驚きました」

「わかりました。刀根さん、治療に専念してください。選手たちは大丈夫です。僕が教えますから」

「ありがとうございます」

その時、指導していたうち、2名の選手の試合が決まっていたが、病気を横に置いてボクシングの指導をできる心理状態ではなかった。

次々にやってきた選手たちも言った。

「刀根さん、頑張ってください。刀根さんなら大丈夫って信じてますから」

最後は、家だ……。

僕の前に、大きな壁が立ちはだかっていた。

僕は肺がんステージ4で、1年生存率が3割、5年生存率が1割以下、つまりおそらく、もうすぐ死んでしまう可能性が大。

このことを、妻に話さなければならない。

ジムから家に向かう帰り道、頭の中で妻になんて言おうかと、ぐるぐる言葉が回り続けた。

僕は、恐ろしかった。

何が恐ろしかったのかと言うと、僕がほぼ間違いなく近い将来死ぬであろうと話をした時に、妻がどう反応するのか、それを想像すると、僕たち夫婦の関係性の「真実」が暴露されそうで、恐ろしかったのだ。

ふーん、それで？　と聞き流されたらどうしよう。

これからの生活はどうするの？　と責められたらどうしよう。

子どもたちはどうやって育てるつもりなの？　と詰め寄られたらどうしよう。

見ないように避け続けてきた、二人の関係性の総決算を受け取らねばならない。

できれば逃げたい。逃げたいけれど逃げられない……。

バス停で降りると、僕の足はマンションの前で止まってしまった。

その言葉や妻の表情、シチュエーションを想像する。それまでの僕たち夫婦は、表面上はトラブルなく平穏な家庭として時間を過ごしていた。しかしそれは、あくまでも「表面上」のこと。

僕は妻の話をほとんど聞かず、しゃべりたいことをしゃべり、妻はそれを聞く、という関係性が中心だった。

僕はそれが当たり前だと思っていたし、それは僕がリーダーシップを取っているからだと思っていた。

しかし、それは違った。

がんから生還した後、妻と本当のコミュニケーションができるようになってから、彼女は言った。

「がんになる前のあなたは、何を言っても聞かなかった」

そうだったのだ。

何を言っても聞かない。僕はこう思う、僕の方が正しい、僕の方が詳しい、よく知っている、と言って受け入れない。

「だから、何を言ってもしょうがない」

彼女は、僕とコミュニケーションを取ることを諦めていたのだ。

「僕はがんで、もうすぐ死ぬかもしれない」

という、どうにも動かすことのできない衝撃的な事実を話さなければならない時になって、初めてそれまでの二人の関係がいかに表面的で浅く、薄っぺらいものだったのか、一方通行だったのか、ということに気づかされた。

でも、その時いくら後悔しても、過去に戻って妻との関係を作り直すことはできない。

僕は勇気を振り絞って、マンションに入った。

玄関で靴を脱ぎ、電気の消えた暗い廊下を歩いていった。妻は台所で夕食の準備をしていた。僕の足音を聞いて妻が振り向いた。妻は僕が今日診断を受けることを知っていた。

「どうだった？」

僕は〝清水の舞台から飛び降りる〟気分で言った。

「驚かないでね。ステージ4だった」

「え？」

妻は驚き、目からみるみる涙があふれ出た。

それは将来の生活や、子どもたちの世話をすることへの恐れではなく、僕のことを本当に心配する涙だった。

僕は思わず彼女の身体を抱きしめた。彼女の肩は震えていた。

そのとき、僕は無意識に謝っていた。

「ごめんね」

いま振り返ると、何に謝ったのかわからない。

僕ががんになってしまって心配させてしまうことなのか、僕がもうすぐ死んでしまうことなのか、いままで彼女と真剣に向き合ってこなかったことなのか、よくわからない。

彼女の身体を抱きしめた時、僕たちは本当の意味で夫婦になったのだと思う。

「聞いて」いるけど「聴いて」いない

本音の会話とは何か。

僕たちはもちろん、通常の会話はしていた。

通常の会話とは、「会話」というキャッチボールを問題・滞りなくやり取りして、家族や夫婦の日常生活を運営していく会話のことだ。

しかし振り返ってみると、僕には「相手の気持ちを鑑みる」というところが決定的に足りなかった。

僕は妻の話を、「聞いて」いた。

漢字の形は実態を表す。この漢字は「門」の中に「耳」が見えている。

つまり、この「聞く」という漢字は、門の中から耳が見えている状態を示している。

これは身体は門の内側にいて、門の外の物音や人の話し声を耳だけ出して「聞いて」いるという状態だ。

よりわかりやすく言い換えると、門の外の「音」を聞いているという状態。

会話で例えると、話の「内容」や「事柄」のみを聞いているという状態のこと。

「今日、どこに行った」

「今日、こんなことがあった」

そういう情報のやり取り。

ここに「気持ち」は入っていない。

この「聞く」というレベルのやり取りでは、日常生活の表面的な領域から奥に深く行くことはできない。

がんになる前の僕は、妻との間で常にこの「聞く」というレベルのやり取りしかしていなかった。

僕は妻の言うことを「聞いて」いるつもりだった。コミュニケーションの講師という仕事柄もあり、僕は自分が人の話を「聞く」ことができていると思っていた。

カウンセリングの勉強もし、カウンセラーの資格も取った。

思い起こせば、カウンセリングの傾聴実習の時、グループでペアになった人から、「刀根さんは私の話を聞いていない」とよく言われた。

僕はその時、すぐに言い返していた。

「いや、聞いています。うなずきとか相づちとか、講習で習ったことを使ってちゃんと聞いています。質問だって何回かしたじゃないですか」

いまから思えば、こうやって言い返していたこと自体が相手の話を「聞いていない」という証拠だった。


「きく」という漢字には、もう一つの書き方がある。

それは耳へんの「聴く」だ。

この漢字は、まずは左側に耳がある。これはもちろん、耳という感覚器官を使って相手の話を受け取るという意味を指す。

そして、ここからがひとひねり。耳の横の一番上にある「十」を「プラス」と読む。

プラスの下には、目という漢字が横になっている。

そして、その下には「心」。

つまりこの「聴く」という漢字は、耳プラス目と心で、相手の気持ちを受け取る、ということだ。

耳で相手の声を聞く。声色という言葉があるように、言葉には色がある。

台本のセリフのようにそのまま単なる音の羅列として耳の中に流し込むのではなく、その声のトーンや抑揚、話し方やその流れなどを、耳というセンサーで余すところなくキャッチする。

そして、相手の表情を目でよく見て観察する。どんな表情なのか、どんな目をしているのか……目は口ほどにものを言う、ということわざもある。相手の表情から読み取れる情報は、考えている以上に膨大だ。

目で「見る」、耳で「聴く」と、そこに言葉を超えた「感じ」を捉(とら)えることができる。

頭の中で言葉になる前の、湧き起こってくるエネルギー……これが「心」というものなのだ。

耳と目という優れた感覚器官で捉えた情報を、「心」という「共振器官」に響かせる。

この人はどんな気持ちなのか。何を伝えようとしているのか。耳と目と心のアンテナレベルを最高に上げ、情報を受け取る。

その時、身体は相手に自然に傾く。これが「傾聴」だったのだ。

僕はカウンセリングの勉強をしたのに、それを「知識」「スキル」として頭の引き出しにしまい込み、そのまま忘れてしまっていた。

真の傾聴ができている時、頭の中に雑音はない。なぜならば、全身が受信するための感覚器官になっているから。

頭の中で「この話が終わったらこう言ってやろう」「早く終わらないかな」などと考えているうちは、「聴いて」いない。

僕の頭の中には常に「自分のセリフ」が充満し、相手の話を聴いていなかった。

頭の中のおしゃべりがまったくなくなり、まるで全身が「耳」になっている時、全身が相手の声を通す「筒」になっている時が、「聴いて」いる時だ。

相手の声が通り抜けていった時、自分の中から響いて返ってくる「エネルギー」「言葉」がある。それを感じ取って相手に伝える。これが「話す」ということなのだ。

そこに相手を操作しようとしたり、自分を大きく見せよう、あるいはかまってもらおうといった作為はない。自分の「言いたいこと」から「離れる」のだ。それら自分の作為から「離れる」。これが本当の意味での「離す（話す）」ということ。

僕は講師として傾聴研修もしていた。コミュニケーションの技術の一つとして指導していたのだが、自分がプライベートでそれをまったく使っていなかった、できていなかった、ということがこの時に暴露された。

「知っている」からと言ってそれが「できている」とは限らない。この二つはまったく別だった。

それまでの僕は、妻の話をまったく「聴いて」いなかった。

親密でなかった夫婦関係

僕が勉強している交流分析（トランザクショナル・アナリシス／TA）という心理学に「時間の構造化」という理論がある。

この理論では、人と関わる時に六つのレベル（深さ）があると言う。

一番浅いレベルは「引きこもり」と言われるレベルで、読んで字のごとく「人とは関わらない」レベル。他人とは関わらない、ひとりぼっちでいたい、そういうネガティブなイメージもあるが、人は誰でもこの引きこもりというレベルが必要だ。

代表は寝ている時だ。睡眠している時は人と関わっていない。考え事や読書や勉強などもこのレベル。人は一人で何かに集中する時間がある。だから必ずこの「引きこもり」というレベルが必要だ。しかし、これが度を越してしまう場合が、いわゆる〝社会的引きこもり〟という状態を表す。

次のレベルは「儀式」と言われる、挨拶や日常会話のレベル。

「おはようございます」

「お疲れ様です」

「今日はいい天気ですね」

こういった日常会話は人間関係を作る時に最初に使う会話のレベルで、入口として必要だ。これがないと、次の段階にスムーズに進むことが難しい。

次のレベルは「暇つぶし・おしゃべり」というレベル。噂話やニュースや趣味や生活情報などについての会話がこれにあたる。このレベルは生産的な活動にはつながらないが、その後の関係を作っていく時に、潤滑油として大切なレベル。

次は「活動」というレベルになる。

仕事や日常における生産的な活動をする際のコミュニケーションレベルで、日々の活動をする際のメインのレベルだ。

仕事や家庭のあれこれを、トラブルなくこなしていくための「事柄」を中心としたやり取りのレベル。

僕が妻とやり取りをしていたのは、このレベルが中心だった。

もう一つ奥に入ると、「心理的ゲーム」という問題あるコミュニケーションレベルになる。

「あの人とは〝事柄〟は違うけれど、いつも同じ展開になって、最後に嫌な気持ちになる」という繰り返されるネガティブなコミュニケーションのレベルだ。このレベルは誰でも経験があると思う。

なぜ、これが「活動」よりも一段深いのかと言うと、人によっては「生産的な活動」をしているよりも、嫌な気持ちになったり、面倒なことになったりする方が「人と深く関わることができる」ので、自分の「かまってほしい」という承認欲求を無意識のうちに満たすことができるからなのだ。

「喧嘩するほど仲がよい」ということわざがあるが、これは仲がよいのではなく、心理的ゲームをしている状態と言える。確かに「活動」よりも深いが、「仲がよい」わけではない。

心理的に強い承認欲求を持っている人が、職場で面倒なことを引き起こして「困ったちゃん」として心理的ゲームをしてしまうことも、往々にして起こる。

僕も無意識のうちに、妻と二人でこの「心理的ゲーム」をやっていたことに気づいたのは、がんから生還した後だった。

最後の、そして一番深いレベルが「親密」。

お互いがお互いの存在を認め、「聴く」と「話す（離す）」で本音のやり取りをするレベル。

最も深く、良好な人間関係の基盤となるコミュニケーションが「親密」レベル。

これらコミュニケーションの六つのレベルを知っておくと、自分が誰とどのレベルで関わっているのかを判断するのに、とても役立つと思う。

いま振り返ってみると、僕たち夫婦のコミュニケーションレベルは通常は「活動」より深くなることはなく、時々「心理的ゲーム」のネガティブコミュニケーションにはまり、嫌な気持ちになる、の繰り返しだった。

がん、しかもステージ4という逃げ場のない出来事が起こって、初めて僕たち二人は「親密」に達することができた。

逆に考えると、「親密」に達することができたからこそ、この難局を二人で乗り越えることができたのかもしれない。

その後、妻とのコミュニケーションは格段によくなった。僕も相変わらず自分の言いたいことは話すが、妻も言いたいことを遠慮なくズバズバと言うようになった。

「もっと〜した方がいいよ」

「まったく、いつも〜なんだから」

いまの僕は、いつも彼女に叱られている。

彼女の意見は「なるほど」と客観的で納得できる部分が多く、いかに自分が思い込みが激しく、視野が狭く、他人の意見を受け入れていなかったか痛感することが多い。

「今日ね、〜なことがあったの」「こんなことがあって、困っちゃった」

妻は自分のことを自然に話すようになった。

「そうなんだ、それは大変だったね」

そして僕は、それをそのまま全肯定で聴くことができるようになった。

ニコニコと楽しそうに話す彼女を見ていて、こんなにも話す人だったんだと、改めて思った。

お互いが言いたいことを言い、そして「うんうん、そうだね」と聴き合う。気持ちのいいストレートなキャッチボール。素直なキャッチボールはそれだけで心地いい。

いま僕は妻の意見に、ほぼ100％従っている。僕は、彼女の言いなりだ。

賢者の言葉

しばらく二人で黙っているといい。
その沈黙に耐えられる関係かどうか。

キルケゴール

行為は言葉より雄弁である。

アノン

人間には、耳が二つあるのに、口は一つしかない。
それは多くを聞き、あまりしゃべるなということである。

ゼノン

もっと長く生きたかった

もし、過ごしてきた年月を数えられるように、この先に待っている年月を数えられるとしたら、残り少ないことを知ってどれほど愕然(がくぜん)とし、どれほどどけちることだろう！

セネカ

「死」に取り憑かれた

がんが発覚し、妻に告白した夜、僕は布団に横になった。

真っ暗な天井をぼんやりと見ていたら、昼食と夕食を食べていなかったことに気づいた。食事を取ることも忘れ、無我夢中で布団にたどりついたのだった。

頭の中では「肺がんステージ4」「1年生存率3割以下」「5年生存率1割以下」が途切れることなく、警報ブザーのように鳴り続けていた。

ふと一息ついて落ち着いた時、衝撃的な事実に直面した。

「僕は、死ぬ」

いずれ「死ぬ」ということは知っていた。しかしそれは将来的な「いずれ」であって、目の前のことではなかった。

これまで知ってはいたけれども、意識していなかった「死」が、唐突に目の前にやってきた。

中学生の頃、一度この「死」に取り憑かれ、しばらく眠れなくなったことがある。夜、布団に入って目をつぶると、真っ暗な闇の中から「死」がやってきて、「自分が死ぬ」「いずれ必ず、この世界からいなくなる」「自分が、消える」という思いに囚われた。

この時僕は、「死ぬ時に後悔しないような生き方をしよう」「そうすれば、死は怖くない」との理屈にたどりつき、翌日から眠ることができるようになった。

「満足した人生を生きれば、死は恐れるに足らない」

そう考えた。しかしそれは違った。それは「死」の恐怖から一時的に目をそらしただけだった。

僕はその夜、「死」に取り憑かれた。

がんの宣告を受け、いま現実に目の前に「死」がやってきて、もう「死」を後回しにしたり、見ないように目をそらすことは、できなくなった。

「もっと、生きたい」

自分の持ち時間に限りがある。いや、もうほとんど残り時間がない。砂時計があとわずかしか残っていない。刻一刻、砂が落ちていく。どうしよう、どうしよう……。


昼間はやることがあって、それをすることで「死」から気をそらすことができていたが、布団に入ると、何もやることがない。気を紛らわせることが「何も」ない。何もやることがないと、ダイレクトに「死の恐怖」が襲ってきた。

昼間会った医師の顔が、頭の中に浮かぶ。

眉間にシワを寄せ、難しそうな表情で、彼は言う。

「病気の名前は、肺がんです」

「残念ですが、ステージ4です」

「進行している可能性があります」

「進行性の肺がんで、手術はできません」

「リンパにも、転移しています」

「骨にも、転移しています」

怖い。
怖い、死ぬのが怖い。
僕は、がんで死ぬのか。
いやだ、死にたくない。
死にたくない、死にたくない。
なんで死ななきゃいけないんだ。

僕以外にも悪いことしてる奴らはいっぱいいるのに、なんで僕なんだ。
身体だって、鍛えてきたのに。
健康だって、意識してきたのに。
何も悪いことしてないのに。
不公平だ、不公平すぎる。
なんでよりによって、僕なんだ。

死んだら、どうなる？

死んだら、消える？
消えるって、どういうこと？
何も、考えられなくなる？
考えられなくなるって、どういうこと？
僕が、いなくなる？
いなくなるって、どういうこと？
怖い怖い。死にたくない、死にたくない。

ああ〜。
妻と二人で、年を取りたかった。
白髪の妻が、見てみたかった。
子どもたちが社会人になる姿を、見たかった。
孫を、抱きたかった。
もっともっと、家族で時間を過ごしたかった。
もっと、一緒にいたかった。
もっと、話をしたかった。

もっと、一緒にどこかへ行きたかった。

もっと、生きたい。
もっともっと、生きていたい。
もっともっと、もっともっと！

だんだんと、空が明るくなってきた。
結局、その晩は一睡もできなかった。
その日から数日、同じことが続いた。
僕は「死」に恐怖した。
夜が来るのが、怖かった。
夜は、「死」と正面から向き合わなければならない時間だった。
夜よ、来ないでくれ！

「患者」という文字は、「心」を「串刺し」にされた「者」と書く。
僕の心は、がんステージ４という串に、串刺しにされてしまった。

朝、目が覚めてから、夜寝るまで、頭の中には常に「がん」がいた。

「がん」が、頭から離れない。

「がん」を、忘れることができない。

がん、がん、がん、がん……。

3カ月後、自分は生きているのか？

1カ月後であれば、生きていることが想像できる。2カ月後になると、未来の予定表がぼんやりしてくる。3カ月後には真っ白で、まったく想像できない。

がん宣告を受けた9月、僕はその年を越せることが、想像できなかった。

来年、生きているのか？

正月を、迎えられるのか？

桜を見られるんだろうか？

頭の中は、がんのことばかり。

これがまさに、心を串刺しにされた状態だ。

電車の中で、顔色の悪い人を見かけた。

この人顔色悪いな。でもきっと、来年も生きているだろう。それにひきかえ、僕はもう来年は生きていないかもしれない。

太った人もいた。あんなに太っているのに、きっと来年も生きているだろう。それに比べて僕は、長くは生きられない……。

老人も見かけた。

あーすごい。この年齢まで生きたんだ。

すごいすごい。あなたは、本当にすごい。

この年齢まで生きたということ、それだけで本当にすごい。

僕は……無理だろう。来年だって生きているか、わからないのに。

なぜ僕なんだ。なぜ僕が、がんにならなければいけなかったんだ。

不公平だ。不公平すぎる。何も悪いことをしてないのに。理不尽だ。

世の中には悪いことをしている人たちがたくさんいるのに、なぜよりによって、僕なんだ。

なんで僕が死ななきゃならないんだ！

このまま死にたくない

がんが発覚した当時、僕は仕事、妻もパートで忙しく、二人で過ごす時間はほとんど持っていなかった。

子どもたちが生まれてからというもの、家族で旅行へ行くことはあったが、妻と二人でゆっくり景色を楽しんだり、あれこれ話したり、お店に入って食事をしたり、日用品以外の買い物をしたことも、ほとんどなかった。

僕は自分に残された時間があまりないと気づいた時、二人で過ごした時間の少なさ、希薄さに愕然とした。「死」に「不意打ち」を食らったのだ。

２０１６年12月、肺がんステージ４の宣告を受けてから3カ月後、僕は妻に提案をした。

「日光に行かない？」

「え？　どうして？」

不思議そうに妻が聞く。

「がんが治るように、神さまにお願いに行こうよ」

妻は嬉しそうにうなずき、言った。

「うん、そうだね。行こう。神さまにお願いしよう」

妻にはがんの治癒祈願と話したが、本音は妻と一緒の思い出作りをしたかった。

行き先は、日光でもどこでもよかった。

結婚してすぐに子どもが生まれたこともあり、妻と二人で旅行をしたことはほとんどなかった。思い返せば、新婚旅行以来だろうか。

もしかして、もう僕はそんなに長く生きられないかもしれない。いや、たぶんそうだ。

そう思った時、彼女と二人で共に過ごした時間の少なさに愕然とした。

がんになる前は、時間は永遠にあるように思っていた。「死」は頭の中にある概念で「現実」ではなかった。旅行なんていつでも行ける、そう思っていた。しかし、いまの僕には、その「時間」があまり残されていなかった。

「このまま、死にたくない」

僕は死ぬ時に、思い出をたくさん持って、旅立ちたかった。

1日でも、1時間でも、一緒に過ごして、思い出を作りたかった。

東武東上線の東武日光駅で電車を降り、そのまま歩いて日光東照宮へ向かった。

平日だったということもあり、人影はまばらで、スッキリと晴れ上がった青空が爽やかに僕たちの歩く道を照らしていた。

途中でお蕎麦屋さんに寄り、お蕎麦を食べた。子どもたちがいない、二人で食べるお蕎麦は解放感にあふれていた。

東照宮に着くと、建物の前にカメラマンがいて、僕たちの写真を撮ってすぐにプリントをしてくれた。

そこには以前の僕とは違う、痩せ細った僕が写っていた。

がんを宣告されてまだ3カ月、いろいろな食事制限をし始めていたとはいえ、その痩せた自分にショックを受けた。

僕の横にいる妻は優しげに笑っていたが、本当はどう感じていたのだろう？

たった3カ月でこんなにも痩せてしまった僕を見て、どんな気持ちだったんだろう？

その気持ちを笑顔で隠し、僕を支えてくれている彼女の気持ちを想像すると、感謝と共に「ごめんなさい」という気持ちが湧き上がってきた。

帰りの電車の中で、疲れてうたた寝する妻を見ながら涙が出ていた。

「ありがとう。僕と、生きてくれて」

そんな遺言のような気持ちになったのは、初めてのことだった。

２０１７年の年が明けた。

生きて年を越すことができた。

正月に家族で里帰りをした。

僕は両親の手前、努めて明るく振る舞った。

当時大学3年生だった長男が、チェロケースからチェロを取り出した。

彼は高校の時、弦楽部に所属していた。

母も数年前からウクレレを始めていた。

「ね、二人で弾いてくれる？」

「いいよ」

母が長男に楽譜を渡すと、2人でたどたどしく「赤とんぼ」や「夕焼け小焼け」などの童謡を弾き始めた。

聴いているうちに、涙が出てきた。

来年、僕はここにはいないかもしれない。

写真になって、仏壇に飾られているかもしれない。

飾られた自分の姿を想像した。


2月にはがんが転移した左股関節の骨が痛み始め、立つことや歩くことが辛くなってきた。立っても痛い、座っても痛いという状態になった。

肺転移が進んだこともあり、深い呼吸ができなくなった。坂道や階段の上り降りも辛くなってきた。駅の階段や病院へ向かう坂道を下から見上げて「ここを上るのか……」と、絶望的な気分になった。

食道と気道の弁がうまく作動しなくなり、水を飲むと気道に入りむせてしまうので、ゴクゴクと飲むことができなくなった。飲む時はゴクリ確認、ゴクリ確認という感じだ。痰が詰まり、話をしているとすぐに咳き込み、話が続けられなくなった。最終的には長い会話ができなくなり、短いセンテンスとジェスチャーでしか会話できなくなった。

喉にからんだ咳で吐き出した痰は、血で真っ赤だった。

真っ赤な血痰を見ながら、「もう長くないかもしれない」と感じた。

最終的にがんは全身に広がり（次頁の画像参照）、脳（画像③の右下の黒い部分）、両眼、首のリンパ、両肺（画像①の左上とその下の灰色の塊）、肝臓、腎臓（左右）、脾臓、全身の骨（画像②の黒い部分）に転移し、全身がんの状態まで進んだ。

①僕の肺（左肺）の原発巣の画像

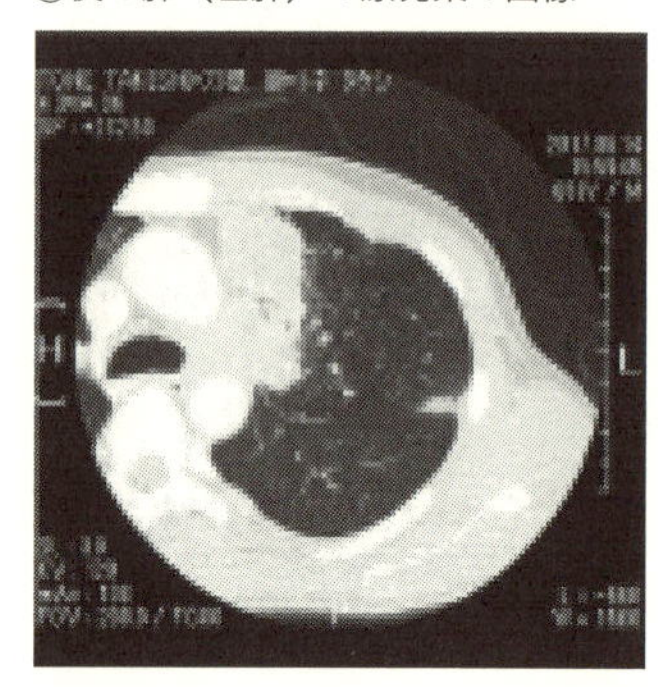

②僕の全身の骨の画像

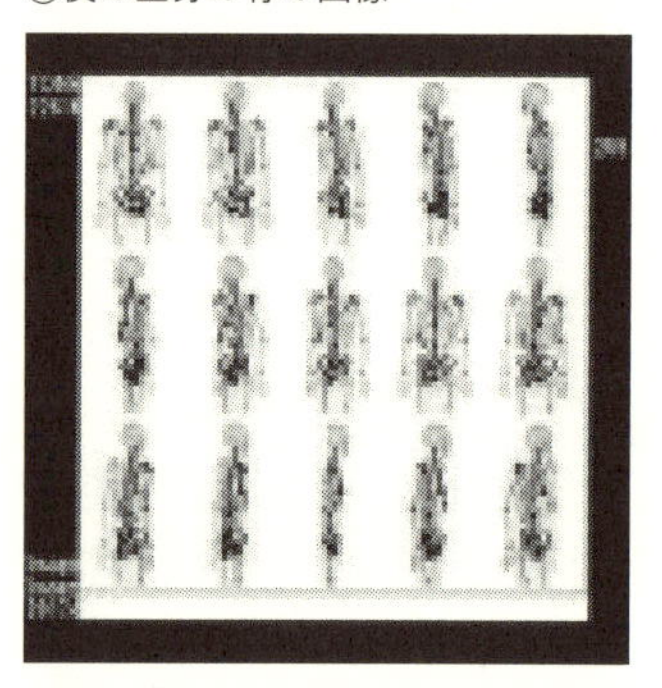

③僕の脳腫瘍の画像

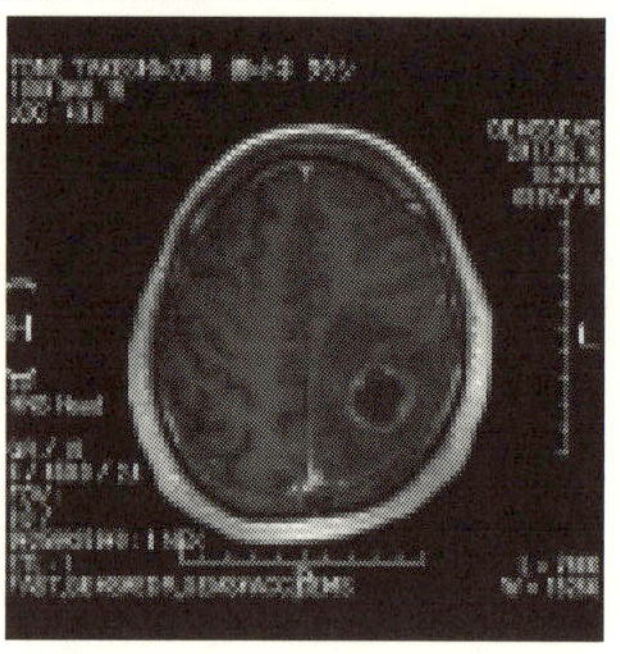

僕はその後も、それまでの妻との希薄な時間を埋めようとするかのように、日ごとに悪くなっていく体調を押して、さまざまなところに行った。

日光の後には三鷹の森ジブリ美術館、北千住の商店街をぶらぶらと歩いたり……。

赤坂の日枝神社にも行った。

僕たちの前で病気治癒の祈祷をあげてもらい、巫女さんが舞を舞う。不思議な時間と空間だった。

帰りに立ち寄ったインド料理屋さんでカレーを食べる。そんな日常が愛おしく感じた。

2017年3月、見ることができないと思っていた桜を、新宿御苑に見に行った。

その時の僕は、がんが悪化して100m歩くだけで息切れし、階段も一段一段休みながら上るような有様だった。ふらふらとよろける僕の手を、妻が優しく引いてくれた。

スッキリと晴れ上がった空に、満開の桜。

ああ、桜を見られた。まだ生きている。

なんて、奇麗なんだろう。

周りでは、たくさんの人が桜を見ながら楽しそうにしている。

たぶんみんな、来年も生きているんだろうな。

それにひきかえ、僕は……。

僕は来年、この桜を見ることができるのだろうか？

無理、じゃないか？

そうささやくもう一人の僕の声に、かぶせるように自分につぶやいた。

いや、見るんだ。来年もここに、妻と一緒に、桜を見に来るんだ。

同じ頃、大学3年生だった長男と妻の三人で就活のスーツを買いに行った。

僕の前を妻と長男が歩いていく。

「あー、おそらく僕は、このスーツを着て働く彼を見ることはできないな」

心の中から、そんな声が湧いてきた。

紳士服売り場でいろいろなスーツを見ながら仲よくあれこれ話している二人を見ているうちに、涙が出てきた。

僕はちゃんと、父親ができてたんだろうか。

僕は彼に愛してるよって、ちゃんと伝えられたんだろうか。

僕がいなくなった後、彼は父親から〝愛されていた〟という気持ちや思い出を持つことができるんだろうか。

おそらく僕には、もうそれを伝えるだけの時間や機会があまりない。いい大人になった長男にいまさら〝愛してるよ〟なんて言って抱きしめるのは、なかなか難しい。

元気なうちに、ちゃんと伝えておけばよかった。


その頃、僕が見ていたドラマが終わった。続きは11月に開始するという。

11月？　それじゃ見れないじゃんか。

心に湧き上がってきた言葉に、僕自身が驚いた。

11月には、生きてないかも。

同じようなことが、他にもあった。

4月、気に入って読んでいたマンガ『進撃の巨人』の最新刊を買って読んだ。物語は佳境に入っていた。続きが読みたい……次はいつ発売？　見てみると発売日は8月だった。

8月！　無理じゃん。

2017年の4月から見ていたアニメがあった。僕はそのアニメは全12話だと思っていた。しかし話はどんどん盛り上がり、とても12話で終わるとは思えなかった。ネットで放送予定を見た僕は愕然とした。放送は9月までの全21話だった。

ええ？　9月？　ああ〜最後まで見れないのか……この話、どうなるんだろう？　残念。最後まで見たかったなあ。

いま考えるとどうでもいいことだが、その時は、自分の残り時間を改めて突きつけられた気分だった。

自分の命の時間がなくなる、というのは、すべてが途中で終わってしまう、ということ。

僕は、もっと、長く生きたかった。

メメント・モリ

「生きる」とは、何か？

いろいろな見方があるが、その大きなものの中に「時間」がある。

「生きる」とは、「生きることのできる時間」とも言える。

僕たちは、墓石に刻まれる生と没の間に引かれる、1本の線に過ぎないのか。

「あなたは、ステージ4のがんです」

と告知を受けた時、僕の「生きる時間」はそれほど残っていないかもしれない、と悟らざるを得なかった。

「死」が目の前にやってきて、初めて自分が不死ではない、死ぬ存在だということを認識した。いままで自分の時間が、まるで永遠にあるかのように生きてきて、「死」に直面し、愚かにも初めて「時間は限られている」ことに気づいた。


パーソナル・コンピューター（パソコン）の概念を市場に普及させたアップルの共同創業者、スティーブ・ジョブズは2011年10月、56歳ですい臓がんで亡くなった。

スティーブ・ジョブズが残したと言われている「言葉」がある。

【スティーブ・ジョブズ・最後の言葉】

I reached the pinnacle of success in the business world.
私は、ビジネスの世界で、成功の頂点に君臨した。

In others’eyes, my life is an epitome of success.
他の人の目には、私の人生は、成功の典型的な縮図に見えるだろう。

However, aside from work, I have little joy. In the end, wealth is only a fact of life that I am accustomed to.
しかし、仕事をのぞくと、喜びが少ない人生だった。人生の終わりには、富など、私が積み上げてきた人生の単なる事実でしかない。

At this moment, lying on the sick bed and recalling my whole life, I realize that all the recognition and wealth that I took so much pride in, have paled and become meaningless in the face of impending death.

病気でベッドに寝ていると、人生が走馬灯のように思い出される。
私がずっとプライドを持っていたこと、認められることや富は、迫る死を目の前にして
色あせていき、何も意味をなさなくなっている。

In the darkness, I look at the green lights from the life supporting machines and hear the humming mechanical sounds.
この暗闇の中で、生命維持装置のグリーンのライトが点滅するのを見つめ、機械的な音
が耳に聞こえてくる。

I can feel the breath of God and of death drawing closer…
神の息を感じる。死がだんだんと近づいている…

Now I know, when we have accumulated sufficient wealth to last our lifetime, we should pursue other matters that are unrelated to wealth…
いまやっと理解したことがある。
人生において十分にやっていけるだけの富を積み上げた後は、富とは関係のない他のこ

とを追い求めた方が良い。

Should be something that is more important:
もっと大切な何か他のこと。

Perhaps relationships, perhaps art, perhaps a dream from younger days …
それは、人間関係や、芸術や、または若い頃からの夢かもしれない…

Non-stop pursuing of wealth will only turn a person into a twisted being, just like me.
終わりを知らない富の追求は、人を歪ませてしまう。私のようにね。

God gave us the senses to let us feel the love in everyone's heart, not the illusions brought about by wealth.
神は、誰もの心の中に、富によってもたらされた幻想ではなく、愛を感じさせるための「感覚」というものを与えてくださった。

The wealth I have won in my life I cannot bring with me.
私が勝ち得た富は、（私が死ぬ時に）一緒に持っていけるものではない。

What I can bring is only the memories precipitated by love.
私が持っていける物は、愛情にあふれた思い出だけだ。

That's the true riches which will follow you, accompany you, giving you strength and light to go on.
これこそが本当の豊かさであり、あなたとずっと一緒にいてくれるもの、あなたに力をあたえてくれるもの、あなたの道を照らしてくれるものだ。

Love can travel a thousand miles. Life has no limit. Go where you want to go.
Reach the height you want to reach. It is all in your heart and in your hands.
愛とは、何千マイルも超えて旅をする。
人生には限界はない。
行きたいところに行きなさい。

望むところまで高みを登りなさい。
全てはあなたの心の中にあり、全てはあなたの手の中にあるのだから。

What is the most expensive bed in the world ?
"Sick bed"…
世の中で、一番高くつくベッドは、何か知っているかい？
シックベッド（病床）だよ。

You can employ someone to drive the car for you,
make money for you but you cannot have someone
to bear the sickness for you.
あなたのために、ドライバーを誰か雇うこともできる。
お金を稼いでもらうことも出来る。
だけれど、あなたの代わりに病気になってくれる人は見つけることは出来ない。

Material things lost can be found.

But there is one thing that can never be
found when it is lost – "Life".
物質的な物はなくなっても、また見つけられる。
しかし、一つだけ、なくなってしまったら、もう見つけられない物がある。
人生だよ。命だよ。

When a person goes into the operating room,
he will realize that there is one book that he has
yet to finish reading –
手術室に入る時、その病人は、まだ読み終えていない本が1冊あったことに気付くんだ。

"Book of Healthy Life".
それは、「健康な生活を送る本」

Whichever stage in life we are at right now,
with time, we will face the day when the

curtain comes down.
あなたの人生がどのような段階にあったとしても、
誰もが、いつか、人生の幕を閉じる日がやってくる。

Treasure love for your family,
love for your spouse, love for your friends…
あなたの家族への愛情を大切にしてください。
あなたのパートナーへの愛情を大切にしてください。あなたの友人への愛情を大切にし
てください。

Treat yourself well. Cherish others.
自分を大事にしてください。
他の人を大切にしてください。

——スティーブ・ジョブズ

この言葉は、彼の死後に捏造(ねつぞう)されたフェイクだという論説も多いが、重要な核心をつい

ている言葉だと思えたので、そのまま載せることにした。論説の真偽の是非ではなく、メッセージの内容を受け取って、感じて頂きたい。

約2000年前、ローマの哲学者セネカも同じようなメッセージを残している。セネカはローマ時代に皇帝の直下で執政官の長も務めた人物だ。皇帝を除き、当時の最高権力の場にいた人物と言える。その人物にして、この言葉だ。

「あなたがせわしなく過ごすうちに、人生は急ぎ足で過ぎ去っていくんだよ。やがては死が訪れ、そして、あなたが好むと好まざるとにかかわらず、死ぬための時間と向き合わなければならなくなる。

そういう人間は、将来よりよく生きられるようになるにはどうすればいいか、と寸暇を惜しんで考えているうちに、結局、生きるための準備だけで人生を使い果たしてしまうのだ。

多忙に過ごしている人間は、頭の中身が成長しないまま、何の覚悟も準備も整わぬうちに老齢に不意打ちをくらわされる。

あれこれと忙しくしている人間ほど、終点に着くまで気づかないのだ」

まさしく、僕だった。

僕もせわしなく過ごしていた日常から目の前に突然現れた「終点」、「肺がんステージ4」に「不意打ち」をくらってしまった。その不意打ちで、「自分は死ぬ」「人生には必ず終わりが来る」と叩き起こされた。

科学技術が進歩した現代も、2000年前のローマの人たちも、本質は変わらない。もっと生きたい、という心の叫びは「もっと生きる時間がほしい」と同じ意味だ。がんステージ4宣告は「もうそんなに長く生きることができない。時間はあまり残っていない。いや、ほとんどない」という警報だった。

この警報は、いつか死ぬだろうけれど「それは、まだまだ先の話」という、ある意味眠った状態から、ガツンと目を覚ます、目覚ましブザーだった。

「時間は限られている」

「あなたはもう長く生きることはできません。残りの時間を何に使いますか?」

この問いかけに、どう応えていくか、それが「生きる」ということなのかもしれない。「死」を迎える時まで、その「限られた時間」を何に使い、どう生きるのか。それは「がん」であろうとなかろうと、同じことだ。がんの場合はその問いが唐突にやってくる、そして残り時間が突きつけられる、ということだ。

「メメント・モリ」という言葉がある。「死を忘れるな」という意味だ。僕のように「死を忘れて」「自分が永遠に生きる」ように思っていた人間が、目を覚ますための言葉だ。

僕のように「死」に直面してからジタバタと慌てないためにも、頭の片隅に覚えておくとよいかもしれない。

賢者の言葉

いままでは　人のことだと思ふたに　俺が死ぬとは　こいつはたまらん

蜀山人（しょくさんじん）

いかに死ぬべきかを学びなさい。
そうすれば、いかに生きるべきかがわかるでしょう。
完全に充実した生き方をするための最良の準備は、
いつでも死ねる準備をすることです。

モリス・シュワルツ

わしの句は、すべて辞世の句だ。

松尾芭蕉

もっと身体を大切にすればよかった

汝の食事を薬とし、汝の薬は食事にせよ。

ヒポクラテス

僕は身体を削りながら生きていた

僕は、休んでいなかった。

朝は7時前に起床。7時半には家を出て出勤。昼間は研修講師として働き、夜7時くらいにはジムに行き、1時間ほど自分のトレーニングをしてから9時半から10時くらいまで選手たちの指導をして、帰宅するのは夜11時頃。

そこから食事を取り、さっとシャワーを浴び、布団に入るのは午前1時過ぎ。

土日は休みを取っていたが、試合が近い選手がいる時は、土曜日もジムに行っていた。

もちろんジムに行けば、自分のトレーニングも欠かさない。

とにかく慌ただしく、突っ走るように毎日を過ごしていた。


睡眠のゴールデンタイムは、午後10時から午前2時と言われている。

僕たちの身体は目を覚ました瞬間に活動し始め、エネルギーを消費していく。そして1日の活動が終わり、身体を横たえて修復と回復が始まる。

この活動から修復、回復というサイクルが、僕たちの日常生活を支えている。

徹夜明けの身体のだるさや重さを思い出せば、この「修復・回復」というものが、いかに重要であるのかわかると思う。

この「修復・回復」が一番活発に行われる時間帯が、「睡眠のゴールデンタイム」と言われている。

僕は帰宅するのが、毎日午後11時頃だった。布団に入るのが午前1時過ぎだから、実際に深い眠りに入るのは、午前2時過ぎだっただろう。

そこから数時間眠った後、午前7時には起床しなければならない。いくら疲れていても、寝坊して会社に遅刻するわけにはいかない。

眠りについていても、頭の片隅では「いつ目覚ましが鳴るか」と緊張し、目覚ましが鳴る前に目が覚める、という毎日だった。

この状態では、身体の正常な「修復・回復」が行われていたとは言えない。月曜日はまだ元気だったが、週末に近づくにつれ身体はどんどんだるくなり、金曜日には重い身体を引きずって会社やジムに行っていた。身体のだるさを栄養ドリンクや栄養ゼリーでごまかしていた。

そして土日に少し回復をし、また月曜日からハードな毎日を繰り返す……。

こうやって、僕は少しずつ身体を削りながら生きていた。

そして最後に、もう削るところがなくなってがんが発生した、とも考えられる。


日中に食べたものが胃によって消化され、腸を介して身体の中に養分として吸収されるのも、この「睡眠時間」だと知ったのはがんになってからだ。

僕はほぼ毎日、夕食を午後11時過ぎに取っていた。

食べたものがまだ胃の中にある状態で就寝しても、消化不良の状態になってしまい、効率よく吸収することはできない。

消化を考えると、就寝までに少なくとも3時間は必要だと言われている。

僕の胃腸はおそらく、毎日消化不良を起こしていたのだろう。

妻からも「もっと早い時間に食事をしないと、ちゃんと消化できないよ」と言われていたが、当然の如く、僕は「聴いて」いなかった。

やはり眠ること、睡眠時間を取ること、質のよい睡眠をすること、これは「健康な生活を送る」基本中の基本ではないだろうか。

ゆでガエル

がんが発覚する3カ月ほど前、ジムに向かう電車の中で、左の胸がまるで何かに貫かれたように痛み出したことがある。

その時はあまりの痛みに、立っていられないほどだった。

しばらく深呼吸を繰り返していたら、10分ほどで痛みは治まったので、僕はジムに向かった。

ちょうどその日、看護師をしている練習生が来た。

先ほどのこともあり、彼に「左の胸のこの部分が痛かったんだけど、心臓かな?」と聞いた。

実は僕はその半年前に、健康診断で心臓の不整脈を指摘され、数カ月後に不整脈を治すために、心臓のカテーテル手術をする予定だった。

ゆえに、心臓に不調が起こったのかと不安になったのだ。

彼は僕の指さした部分を見て言った。

「そこは肺ですね。心臓はもっと下の方ですよ」

僕はそれを聞いて、安心した。

なーんだ肺か、じゃあ大丈夫だな。

まさかその3カ月後に、肺がんのステージ4が見つかるとも知らずに。痛んだ部分は、後にがんが見つかった場所だった。

その時、その痛みに対し敏感になって病院の検査や診断を受けていれば、見つかった時にすでにステージ4という状態は避けられていたかもしれない。


「なんか最近、よく咳をしてるね」

妻は言っていた。しかし、前にも書いたように、僕は妻の話を「聴かない」人間だったので、「ふ〜ん、気のせいじゃない?」と聞き流していた。

僕は自分の「健康」に自信があった。

ボクシングジムでトレーナーをする前に自分でもトレーニングをしていたので、同年代のサラリーマンの人たちよりは体力もあり、筋肉もそれなりについていた。

いまから振り返ると、この「自信」ゆえに、身体からの微妙なメッセージを無視していたのだと捉えることができる。僕の場合は「自信」ではなく「過信」だった。

「ゆでガエル」という、言葉がある。

残酷なたとえ話だが、カエルを水を張った鍋に入れ、下から弱火で温める。水が冷たいうちはカエルは普通に生きているが、だんだんと温度が上がってくると、ゆでられて死んでしまい、カエルはそれに気づかない、というたとえ話だ。

怪我や風邪などの場合、このたとえ話とは逆に、急に水の温度が上がるようなものなので、自分が不健康であることに気づきやすく、対処ができる。

痛みや外傷がある場合などは特に気づきやすいが、身体の内側で静かに進行している「がん」は、気づきにくい病気の一つと言える。

「肺がんは自覚症状が出た時には、相当進んでいる可能性が高い病気なのです」

医師が言っていた通り、僕もまったく気づかなかった。気づいたらステージ4だった。まさに「ゆでガエル」だった。

僕は後戻りができない「ステージ4」状態になって、いかにいままでの自分が「健康」

をおろそかにしてきたかということに、初めて気づいた。

僕は「健康」だと思っていた。

人体は「健康」であることが「普通」の状態だ。風邪を引いたり怪我をしたりする「普通でない」状態になって、初めて自分の不健康に気づく。

しかし、その時に僕のように、手遅れになっていたら……。

身体は食べたもので作られる

身体は食べたもので作られる。

こんな当たり前のことを、僕はちゃんと理解していなかった。

がんになる前、僕は食事には気をつけていたつもりだった。


何に、気をつけていたか？

いま振り返ると、僕が気をつけていたのは「体重だけ」だった。

僕はボクシングジムに通っていたこともあって、僕の周りの人たち、特に僕が指導している若者たちはプロのボクサーだった。

ボクシングは体重制のスポーツだ。体重によって階級が決まる。それは殴り合うというスポーツの性質上、明らかに自分よりも体格の大きい相手との対戦は危険だから。彼らは試合があるので、常に体重が増えないように意識していた。彼らはそれもあって脂肪がない、締まった身体をしている。

その中に身を置くと、当然自分も身体を絞らなければ……という意識が過剰になってしまった。脂肪のついた身体が「かっこ悪い」と感じたのだ。

鏡に映った自分の身体を見て「もっと絞らねば」と、毎日思っていた。

「いかに体重が増えないようにするか」ということばかりに意識が向いて、「何を食べるか」ということにはまったく意識が向いていなかった。

「身体は食べたもので作られる」という当たり前の事実が、僕の意識からすっぽりと抜け落ちてしまっていた。

がん細胞は特殊な細胞だ。がん細胞はエネルギーを糖分でしか補給できない。

糖質は身体を動かすガソリン。糖質をまったく摂らないということは難しいと思う。しかしそれが供給過剰になった時、そして生活習慣やストレスなど複合的な要因と結びついた時、がん細胞は、どんどん増殖をし始める。

その頃の僕の食生活は……。

朝食は砂糖のついた甘いコーンフレークに牛乳。昼食はおにぎり二つとパックの野菜ジュース。まともな食事は妻が作ってくれる夕食のみ。

夕食は、ほぼ肉食。野菜はほとんど食べなかった。腸内環境をよくするキノコや海藻類などは、「こんなもの、食べて何になるの?」と思っていたので、一切口にしなかった。その食事を消化吸収の間に合わない、午後11時過ぎに摂っていた。

おそらく、僕の身体はエネルギー不足の状態になっていたのだろう。時々無性に甘いものが食べたくなって、シュークリームをいきなり5個食べてしまったり、ケーキをバカ食いしてしまったり……。

甘いジュースも大好きだった。特に清涼飲料水。ジムに行くと果糖ぶどう糖のたっぷり入ったスポーツドリンクをがぶ飲み。夏場など汗をかく時期は、1回で2リットルも飲んでいた。渇いた身体を、甘い果糖ぶどう糖でジャブジャブにしていたのだ。

もう一つ、僕が糖質を摂りすぎてしまった理由がある。それは、脳の使いすぎだ。

脳は全身の中では体積は少ないが、とても燃費の悪い臓器だ。そのエネルギー消費量は身体全体の約30%にも達するらしい。

脳は内側に細菌などが入り込むと致命的な損傷になってしまうので、守る細胞壁はとても小さく細かい。

それゆえに、脳の中に入り込むことができる養分は、糖質のみと言われている。

脳は、糖質のみが栄養らしい。

僕は目が覚めている時、常に「考えて」いた。

僕の仕事は研修の講師だったから、研修の内容や進行、客先の要望、それに使うテキストの作成などについてはもちろんのこと、空いた時間でボクシングのことも考えていた。指導する選手の次の対戦相手をビデオで見て、得意なパンチやディフェンスの穴、リズムや攻撃パターン、その対策としての動きや練習方法……。僕は延々と「考えて」いた。

「考える」ということは、左脳を使うということ。

さまざまなことを考えて考えて、考え続けていた。

考えると、脳がエネルギーを消費する。

「思考」を過剰に行うと、身体は使っていないのに脳はエネルギーを消費して、ガス欠状態になってしまう。

脳が「ガス欠信号」を受け取ると、エネルギーの供給信号が発信され、無性に糖質を補給したくなり、甘いお菓子や砂糖のいっぱい入った缶コーヒーなどを、無意識に口に入れてしまう。

僕は午後に甘いお菓子やジュース、缶コーヒーをよく口にしていた。それは習慣になっていた。

しかしながら、口から入った糖質は、持続時間がおおよそ30分しかないと言われ、すぐにエネルギーが切れてしまう。

そして困ったことに、糖質が切れた後は、糖質を口にする前よりも血液中の血糖値が下がり、疲労感を感じ、また口に糖質を運んでしまうという悪循環が起こる。

こうして僕は、無意識に糖質をたくさん摂ってしまうという状態になっていた。

これも僕が糖質過剰になった原因の一つと考えられる。

これら僕が知らずに食べ、飲んでいたものが、身体にとってよくないものであったことを知ったのは、がんになってからだった。

糖質はがん細胞の唯一のエネルギー源であり、大好物だ。僕はそれと知らずにせっせとがん細胞へエネルギーを補給していた。

僕はがんだとわかった時、いろんな書籍を読み漁った。どうやったらがんを消すことができるか、生還することができるか、必死だった。

そこに書かれているものの多くが糖質を制限し、野菜中心の食生活にすることだった。がんの食事療法で有名な「ゲルソン療法」は野菜を中心とした食事で、肉は摂らないというものだ。

がんの食事療法には諸説あるので、どれが正しいとか、どの方法が一番有効であるとか、なかなか判断が難しいものでもあるが、最大公約数的に言われているものとしては、野菜をたくさん食べる、腸内環境をよくするためにキノコや海藻などをたくさん摂る、動物性タンパク質は肉よりも魚から摂るという説が多い。

僕はがんが見つかった後、いろいろ調べた結果、食事制限の厳しいクリニックに通った。そこでは動物性タンパク質は魚も含めて一切禁止。もちろん砂糖も禁止。そして塩分も禁止、つまり塩抜きの食事だ。クリニックに行くたびに検査を行い、血液中の塩分を調べた。その数値が一定値を超えると、医師からきつく言われた。

「私の知っている人で、日本人には味噌汁が大切だ、だから私は毎日味噌汁を飲む、と言っていた人がいます。その人は死にました」

「私はコーヒーが好きで、コーヒーだけはやめられません、と言っていた人がいました。この人も死にました」

死を恐れていた僕にとって、それは恐怖の言葉だった。医師から言われる言葉だったので、余計恐怖に駆り立てられた。

しかし、徹底した塩抜きと、魚も含んだ動物性タンパク質を一切摂らない食事を半年以上続けた結果、身体の中にがんが進行していたこともあり、僕はガリガリに痩せ細り、身体に力が入らずフラフラになった。

もう1カ所通っていた漢方のクリニックの先生からは、「塩分は摂った方がいい」「摂りすぎはよくないけれども、タンパク質は必要」とアドバイスを受け、数カ月ぶりに少量だが塩分と魚を摂った。

その時の身体の活力回復の感覚は、忘れられない。

確かにがんに塩分はよくないかもしれないが、まったく摂らないというのも身体にとっては別の意味での負担になるということを学んだ。

糖質もそうだが、まったく摂らないのではなく、摂りすぎないことが大切だと思う。

僕は肉が大好きだったので、動物性タンパク質はほとんど毎食摂っていた。牛肉は高いのでほとんど豚肉。お肉は脂が乗っているとトロトロして美味しいので、脂身が大好きだった。

実はこの脂身も、がんによくなかったと後で知った。

その理由は諸説あるが、その一つは哺乳類の肉を食べるということは「共食い」状態であるということ。

確かに動物の肉を食べることは、身体を作るタンパク質を摂取するという意味では優れた方法だ。

しかし「共食い」状態であるので、血液の中に分解しづらい脂肪がたまりやすくなるという説がある。つまりコレステロールが溜まりやすいということ。

がんの根本的な原因は諸説あるが、その一つに「血液の汚れ」があると言われている。動物性タンパク質を身体の消化能力を超えて過剰に摂取すると、血液が汚れる。その汚れが体内を汚し、どこかでがんを作り出し、育ててしまう……。

もう一つは、僕たち日本人が肉食を中心とした食生活に変わったのが、最近であるということ。

僕たちの祖父母、あるいは曽祖父母の時代は貧しかったこともあり、お肉は贅沢品でほとんど食べられなかった。

さらに江戸時代に遡る（さかのぼ）と「肉食は禁止」。僕たちは何百年も肉食をしてこなかった民族なのだ。

ここが欧米人と違う。欧米は肉食文化だ。日本人はそれまでの食生活の影響で腸が欧米人よりも長いと言われている。これは穀物を消化するために長くなったのだと言われている。つまり、消化しきれなかった肉の残りカスが胃腸に溜まりやすく、それが腐敗して腸内環境が悪くなり、身体の中を汚していき、最悪の場合がんを作り出すらしい。

これは、小麦粉にも同じことが言える。

日本人は「小麦粉」をあまり摂取してこなかった。欧米の主食は小麦だが日本はお米だ。日本人の腸は、小麦を消化するのには不向きと言われている。

確かに、カロリーを摂取するという点でパンは食べやすく、なおかつ美味しいのでよいのだが、小麦粉も牛乳もそれまでの日本人の食生活とは異なるものなので、同じように過剰摂取することで、体内で異変が起きる可能性が高くなる。

小麦粉を摂らない「グルテンフリー」という食事があることを、皆さんもご存じだと思う。

アトピーをはじめ体調不良だった人たちが、小麦粉を摂らないという食生活をしたら、症状が改善、あるいは治ってしまったということが報告されている。

小麦粉を摂っても全然平気な人もたくさん存在するが、パンやラーメン、うどんなど小麦粉の過剰摂取は、後々の体調不良を招く可能性があると言えよう。

また、「牛乳」は牛の血液が変化したもの。牛肉が血液を汚してしまうように、牛乳も飲みすぎると血液を汚してしまう可能性があるようだ。

僕の子どももそうだが、牛乳が飲めない「牛乳アレルギー」の人もたくさんいる。

逆の視点で見てみると、身体が「それは、私の身体には合わないよ」と拒否していると見ることもできるのではないだろうか。

腸内環境をよくするためには、腸内にすんでいる善玉菌を増やす必要があると言われている。

善玉菌が喜ぶ、善玉菌の好む食べ物を腸に送ってあげること。

それが野菜であり、海藻やキノコなどの菌類だったのだ。

僕はカロリーという視点でしか、食事を見ていなかった。

菌類などは食べても無駄、意味がないと思っていた。

食事はカロリーだけではない。何を食べ、腸に送るのか、腸内細菌たちに何を食べてもらうのか、そこがポイントだったのだ。

日本の伝統的な食事、いわゆる「和食」は低タンパク低糖質のものが多い。

僕は和食は嫌いだった。食べても力が湧かないと思っていた。焼肉やとんかつ、コロッケやスパゲティ、ハンバーグ、ラーメン、焼きそば、ケーキ、シュークリーム、チョコレート、甘い炭酸水やスポーツドリンク、こういったものを身体にどんどん入れ続けていった結果が、肺がんステージ4という状況を連れてきた理由の一つ、と僕は考えている。

もちろんこれらのものをすべてシャットアウトして、禅寺の食事のようなものを修行のように食べるというのは、行きすぎだろう。

食事制限で味つけのない生野菜だけを、まるで草食動物のようにもぐもぐもぐと食べていた時のことを思い出すと、食事は楽しみだということがよくわかる。

2017年6月、がんが進行して医師から「来週、呼吸が止まるかもしれません」と宣告を受け、翌週から緊急入院した。

入院した時、口にした久しぶりの「味のある食事」のなんと美味しかったことだろう。

口に入れた瞬間、歯がジンジンと痺(しび)れ、「歯が喜んでいる」ことを感じた。歯も喜びを感じることを、僕は初めて知った。

病院食という質素で薄味のものだったが、その時ほど「美味しい」と感じた食事はない。

ボクサーが減量で身体の中の水分を絞り出し切って計量をクリアした後、口にする最初の水の美味しさと同じだったのだろう。

何事にも限度は大切だが、がんになる前の僕は糖質(砂糖)、肉類(動物性タンパク質)の摂りすぎ、野菜や菌類・海藻・発酵食品の摂らなすぎだった。

もっとお風呂に入ればよかった

僕はお風呂(湯船)に入っていなかった。

帰宅するのが遅かったので、風呂ではなく毎日シャワーで汗や汚れを流し落としていた。

それで十分だと思っていた。

ゆっくりお風呂に入るより、早く食事をして早く寝たい。その思いが強かった。

しかし、それが身体によくない習慣だと知ったのは、がんになってからだ。

がんは低体温を好む。体温が35度台の時、がん細胞は活動を強くすると言われている。

僕の体温は、どうだったのか？

僕は風邪でも引かない限り、自分の体温を測ったことはなかった。運動を続けていたこともあり、自分の体温は高いと思っていた。

がんになって体温の重要性に気づき、体温を測り始めて驚いた。なんと僕の体温は35度台だった。

一説によると、がんは37度前後の体温になるとよくなっていくと言われている。

真偽はともあれ、インフルエンザなどで1週間ほど高熱が続いたらがんが消えてしまった、という話も聞いたことがある。

体温を上げるために、僕がしたことは「入浴」だ。

がんになる前はシャワーで済ませていたが、時間を計って必ず20分は湯船に浸かった。

身体の芯まで温まるには、それだけの時間が必要らしい。

お湯の温度は熱すぎずぬるすぎず、季節にもよるがおおよそ38度から40度の間がいいらしい。

お湯の中で緊張して硬くなった身体を、優しくもみほぐした。

僕は、ステージ4のがんが見つかった2日後から「陶板浴」に通い始めた。

がんには陶板浴が効果がある、と以前聞いたことがあったからだ。

「陶板浴」とは特殊なコーティングがしてある陶器の板の上に、タオルを敷いて寝る岩盤浴のような健康法。

この陶器の板は約50度に温度調節され、室内は陶器の板が発する熱と蒸気でマイナスイオンに満ちている。

控え室に置いてあった魚の切り身が、何カ月も腐らずにカラカラのミイラ状態になっていた。それだけ細菌がおらず、清浄な空気であるということだ。

陶板浴ではとにかく身体を温めること、そして清浄でマイナスイオンあふれる空気を肺にたくさん入れることを教えてもらった。

身体を温めると、ヒートショックプロテインという特殊なタンパク質が体内に作られる。ヒートショックプロテインは、その名の通り温熱を当てることで作られるタンパク質で、損傷を受けた細胞を、修復したり整備する働きを持っていると言われている。

ヒートショックプロテインは、シャワーを浴びただけでは作られない。温かいお湯に身体を浸し、芯まで温まることが大切らしい。

きちんと休む。身体のメッセージを無視しない。何を食べ、何を食べないかに気をつける。しっかりとお風呂に入る。

身体は自動修復装置を完備したスーパーマシン。怪我をしても病気になっても、ほとんどは治る。治すのは薬や医者ではなく、身体自身の修復・免疫機能だ。骨折しても骨を治すのは身体自身だ。動かないように固定していれば、骨はくっついてしまう。

この機能が落ちてしまうと病気になる。この機能が落ちない日常生活の積み重ねが、健康な身体を作っていくことは、僕が説明するまでもないことだと思う。

日々身体の声を聴き、当たり前のことを当たり前にしていくことが大事だと思う。

賢者の言葉

身体に従いなさい。
どんなやり方にしろ、決して身体を支配しようとしてはいけない。
身体はあなたの礎だ。

OSHO

医師が病を治すのではなく、身体が病を治すのです。

ヒポクラテス

大切なことは、身体の言うことに耳を澄ます、ということです。
人が何を言うかを気にするのではなくて、あなたが何を必要としているかを知って、それを満たすことです。

リズ・ブルボー

あんなに頑張らなければよかった

速度を上げるばかりが人生ではない。

ガンジー

「回し車」の中を走り続けてきた

僕ががんになった原因の一つは、「生き方の歪み」だと思う。

僕の生き方は、歪んでいた。

ある程度の歪みは誰にでもあるだろうが、僕の歪みは自分の「身体」の許容範囲を超えていた。これががんになった原因の一つでもあるだろう。

がんになった頃の僕は「頑張る」人だった。頑張って頑張って、がんになった。笑えないダジャレだ。

朝、目が覚めた時から眠りにつくまで、とにかく頑張っていた。

子どもの頃の僕は「頑張る」とは無縁の子どもだった。思い返すと、いまでは「多動症」と呼ばれる部類に入っていたと思う。その僕がなぜ「頑張る」人になってしまったのか、振り返ってみたい。

僕は子どもの頃、いつも身体のどこかが動いていて落ち着きがなく、集中力は皆無だった。

小学校1年の時、僕だけ連絡帳に「今日の刀根くん」という一覧表があり、帰る前に担任の先生から○とか×とかを書いてもらっていた。

宿題なんてやった記憶がない。そもそも宿題を出された次の瞬間には、宿題のことなど忘れていた。覚えていられなかった。

翌日、学校に行って先生に「みんな、宿題は?」と言われた瞬間に、宿題があったことを思い出す、という毎日だった。

体育倉庫のガラスを割る、学校の花瓶を破壊する、廊下に立たされていたらそのまま行方不明になる……いまから振り返ってみると大変な子どもだった。

両親もとても心配して、「コーヒーを飲むと落ち着く」とか「おへそに10円玉を貼ると落ち着く」など迷信じみたことを試みたが、もちろん効果はなかった。

当然、学校の成績も悪く、体育以外はほとんど目も当てられないものばかりだった。

おそらく若年性の発達障害（ＡＤＨＤ／注意欠如・多動症）だったのだろう。幸い、中学生になった頃から落ち着いてきた。

問題行動の多かった僕は、当然ながら、両親から多くの「注意」をされて育った。僕の父は、会社という組織で努力して成功した、どちらかというと厳しい人だ。

父は子どもの頃の僕を見て、「このままではまずい」と考えたのだろう。僕はとにかくやることなすことすべてに「ダメ出し」をもらった。もちろん「ダメ出し」をされる十分な理由が、当時の僕にはあったのだが。しかし、ダメ出しをされても、同じことをまた繰り返してしまう僕がいた。

僕は、父から褒めてもらった記憶がほとんどない。

常に「ここがダメ」「あそこがダメ」「これが足りない」「あれが足りない」と言われていた。

そして、励ましの言葉として「やればできる」。

両親は励ましてくれていたのだが、僕にしてみれば、その言葉の裏を返すと、「やっていないお前は、ダメ」「できていないお前は、ダメ」「そのままのお前では、愛せない」と受け取ってしまった。

中学生になり、多動症が治まり始めた。すると、そこに残ったのは、「ありのままでは、ダメ」と「僕は、愛されない存在」という、心理学的に「私は、ＯＫでない」という心の癖だった。

そして、自信も勇気もない10代後半を送り、大学で子どもの頃から続けていた剣道部に入り、たまたまキャプテンをすることになった。「キャプテン」という役割が、自信を失っていた僕に、エネルギーを与えた。「何者でもない」「ＯＫでない」僕が、周囲から認められたのだ。この自信を手放したくない。僕は「頑張った」。

僕の頑張りは、劣等感の裏返しだった。多動症が治まり、ふと我に返った時、そこには劣等感の塊の僕がいた。

両親からダメ出しをされ続け、彼らの期待に沿えない、いや、沿うことのできない「ＮＯＴ ＯＫ」の僕だ。

僕の心には、いつも大きな穴が開いていていた。

その穴を埋めるためには、「他者からの承認」が必要だった。

頑張ることが、僕の自信を支えた。


僕はたまたま、キャプテンに選ばれた。

僕は父の勧めで理工系の大学に行っていたので、大学自体運動はあまり盛んでなかった。その中でもあまり人気のない剣道という部活は、当然部員や経験者もあまりいなかった。

子どもの頃から剣道を続けていた僕がキャプテンになるというのは、人数的にもメンバー的にも当たり前だった。

僕に与えられた「キャプテン」という役割が、心の中に開いていた穴を埋めてくれた。

具体的には、練習メニューを考える、みんなに号令を出す、というような役割だ。

大学4年になると、運動部全体をまとめる「体育会」という組織に入った。

僕は3年生の時、剣道部のキャプテンをしていたこともあり、副会長という役割を務めることになった。体育会総会という大学の運動部員全員が集まる集会で司会をしたり、コメントしたりした。体育祭の時には、学部の代表として学生全員の先頭で入場したりした。

僕のエゴ（自我）は大いに喜んだ。自信を失い、空っぽで枯渇していたところへ、承認というエネルギーが流れ込んできたのだ。

すると今度は、それを失うことに対する恐れが生まれた。一度手に入れた自信を手放したくなくなった。

こうして、僕の周囲に対する強がりや虚勢、弱みを見せないという性質が強化されていった。


心の穴を埋めたものが、もう一つある。それは、肉体的な「強さ」だった。

子どもの頃に身体が細かった僕は、高校生になる頃から身体を鍛え始めた。筋肉をたくさんつけることで、鎧（よろい）を身にまといたかったのだ。この強さへの渇望は、剣道部を引退した後にボクシングを始めたことにもつながる。

ボクシングを始めて、すぐに感じた。

「僕より強い人が、たくさんいる」

実際にリングの上で1対1で向き合うと、どちらが強いのか肌でわかる。ボクシングという格闘技において、僕よりも強い人は数えきれないほどいた。

20代の後半の時、プロボクシング日本1位の選手とスパーリング（実戦練習）をして倒されたことがある。パンチを受けた瞬間、目の前が真っ白になって、目を開けるとリングの床が見えた。自分が倒れたことに気がつかなかった。その時はパンチを受けて〝痛い〟というより〝気持ちいい〟という感じだった。

何とか立ち上がってラウンドの終了ゴングを聞くことができたが、スパーリングはそれで中止になった。

壁に貼ってあったポスターの色が、網膜に張り付くほどカラフルで新鮮に見えた。ある意味意識が覚醒状態になったのかもしれない。翌日、目の周りに見事な青あざができていた。その後、頭ががんがんと痛み始め、数日間頭痛が取れなかった。

その他にも、肋骨や鼻を折られたこともある。

ボクシングをしている人たちの中で、「打たれるのが怖くない」という人たちが存在する。

パンチを怖がらないのだ。彼らはパンチが怖くないので、目をつぶらず、当たる寸前までパンチを見ることができる。たとえ相手のパンチが自分の顔を捉えようと、気にせず自分のパンチを打ち込む。彼らと対戦した時、「これは、勝てない」と感じた。

僕はパンチを打たれるのが怖かった。でも相手は怖がっていない。コンマ何秒という時間でパンチを交換し合う世界では、その差は結果として表れる。

その彼らも、日本チャンピオンになれなかった。上には上がいる。僕はボクシングをすることで、それを実感した。

しかし、僕の中には「上には上がいるけれど、少なくとも僕は普通のサラリーマンよりは強い」という自負があった。

僕がボクシングジムに行っていた頃（1990年代前半）は、ジムに来る若者たちはプロ選手とプロ志望者しかいなかった。そしてほとんどが身体系、いわゆるガテン系の仕事をしている人たちで、スーツ姿でジムに来るのは僕だけだった。そういう意味でも、僕は自分に変な〝特別意識〟を感じていた。自信も勇気もなかったあの状態に戻りたくない……。いや、もっともっとこの自信を感じたい、強くしたい。

僕の場合、それがさらに「完璧にやること」というハードルに成長した。

ＡＤＨＤ気質が残っていたので、「興味のないことはやる気が起きない」という欠点はあったが、自分が興味を持ってやり始めたものは「徹底的に、とことん、妥協なくやること。完全であること。そしてすべてに満点の完璧な成果を出すこと」を自分に課してしまった。

こうして僕は、「回し車」の中で無意識に走っているハムスターのように、「完璧を目指して頑張り続ける人」になってしまった。「完璧である自分はオッケーで、完璧でない自分はダメ」という歪んだ自己概念を無意識に心の奥底に創りあげてしまった。

研修の仕事では、実施後のアンケートで常に満点を課していた。

5点満点のアンケートで参加者が50人いれば、一人や二人は3がいて当たり前だ。普通に考えれば平均が4点あれば十分だろう。

しかし僕は、一人でも3がいると自分が責められているような気持ちになった。平均点が4点を超えていても、自分にOKを出すことができなかった。

全員満点なんてありえないのに、結果を見ながら「あ〜またダメだった」と自分にダメ出しをしていた。

トレーナーをしていたボクシングでも、常に全勝を自分に課していた。

もちろん選手たちも勝利を目指して必死で頑張っているが、当然ながら相手あってのこと。ボクシングは危険な競技なので、キャリアや戦績などを考慮して、対戦相手とあまり実力差がないように試合を組む。

ほぼ実力が一緒ということは、勝率は50％。しかし、僕が目指していたのは勝率100％。もちろん目指すのは大切だし、そこに向かっているからこそ勝利が手に入るのだが、勝負は時の運、勝つこともあれば負けることもある。

選手たちの試合が決まったら、相手選手の試合映像を取り寄せる。そして、その試合をスローにして全ラウンドくまなく見る。相手がパンチを打ったり避けたりする部分だけではない。向かい合っている時、何もしていない時、どういう動きの癖があるのか。右に回る癖があるのか、左に回る癖があるのか。あるいは前後にはどのぐらいのリズムや間隔で動く癖があるのか。ステップは……。

パンチを打つ前にどんな予備動作をするのか。肩が動くとか腕が下がるとか拳が開くとか、スローで見なければ速すぎてわからない癖をチェックする。

コンビネーションの癖はどうなのか。ジャブジャブ、ストレートというように、ジャブを2発打ってからストレートを打つ癖があるのか。こちらのジャブを避けるパターンはいくつ持っているのか。その後に合わせてくるパンチは？　その時のタイミングや頭の位置は？など、チェックするポイントは数えきれないくらいある。

得意なパンチは無意識に多用するので、それに対する防御と共に合わせるカウンターを探る。どの角度で、どういうタイミングで、どういう身体の使い方でパンチを打ち込むか。打った時のパンチの反対側の腕のガード位置、防御や足さばきの癖、パンチの軌道……。

僕は映像を見ながらそれを一つ一つチェックし、メモを取りながら対策や作戦を考えた。それはとても集中力が必要で骨の折れる作業だった。しかし僕は完璧主義者だったため、その作業を〝適当にする〟ということができなかった。

僕は、徹底的に研究した。

完璧主義者の僕は、選手に教える前に、まず自分がそのパンチや動きを練習した。選手にその動きを教えるためには、関節の使い方や重心の置き所、どの筋肉のどの部位を意識して使うのか、ということを教えなければならない。

ただ単に「このパンチが当たるよ」だけでは、そのパンチは打てるようにならない。僕は自分でその動きができるようになるまで、自らサンドバッグを打って練習した。

ジムに着いてからいつもほぼ1時間、そうやって練習をしていた。

そして選手が来たら、ミットを持って一緒にその動きを練習する……そんなことをしていた。

これでは、疲れるわけだ。

当時の僕よりハードな毎日を過ごしている方もいるだろうが、いまから考えると僕にとってこの毎日は、完全にキャパオーバーだった。

僕は選手が負けたり引き分けたりした時、自己否定感と無力感に陥り、ものすごく落ち込んだ。

試合の最中から「もっとあの練習をさせればよかった。こういう（負け）パターンはわかっていたのに」と、自分を責めた。

試合が終わった後、仲間たちから「一緒に帰りましょう」と誘われても、「一人にしてくれ」と断って、一人でがっくりと落ち込みながら後楽園ホールを後にしたことが、多々あった。

負けという結果に「あなたはダメです」と、宣告された気分になった。またあの心の中の穴に突き落とされた気分だった。

こんな気持ちは感じたくない、こんな無力感はごめんだ、と無意識に僕の「回し車」のスピードが、上がっていった。

がんになった頃の僕は、全速力で、回し車の中を走っていた。

「私は、ＯＫでない」という自己概念

僕が勉強している心理学（交流分析／ＴＡ）理論の中に拮抗禁止令というものがある。

僕のケースで説明しよう。

僕は子どもの頃多動症で、数多くの問題行動を起こした。それによって両親からたくさんの注意をされ、「私は、ＯＫでない」という自己概念が形成された。

そして思春期に入る頃、この「私は、ＯＫでない」という自己概念で生きていくと苦しいので、それを埋め合わせるため、「こういう僕だったら、認めてくれるよね」という新しいプログラムで上書きした。

これが「完璧だったら、許してくれるよね」「強ければ、いいよね」「一生懸命頑張ったら、許してくれるよね」というものだ。

これを交流分析理論では、拮抗禁止令、ドライバーと呼ぶ。

このドライバーは、全部で5種類ある。

まず一つ目は、僕も強烈にプログラムを書いた「完璧であれ」だ。自分がやることに完璧を求める。

確かに完璧を目指せばいい結果を出したり、周囲から認められたりすることも多くなる。僕は実際に、講師としてのアンケート結果もそれなりによかったし、トレーナーとしての勝率も、引き分けを除けば7割だった。

しかし勝率１００％を自分に課していた僕は、選手が勝っても嬉しくなかった。もちろん選手が勝利することは喜ばしいことだったが、僕の感覚としては〝ほっとする〟の方が合っていた。

喜びより「勝たせることができた」「基準をクリアすることができた」という安堵感だった。

嬉しかった勝利は、絶対的不利の予想を覆して勝利した数試合だけだった。

完璧を目指し、クリアしても嬉しくない。そこにあるのは安堵だけ。

そしてほとんどの場合、完璧であることはない。完璧でない部分を見つけては自分に「ダメ出し」をし続ける。こういうことを僕はやっていた。

二つ目は「強くあれ」。

「強ければ許してくれるよね。いや、生きていくためには〝強く〟なければいけないんだ」というプログラム。

これは、男性であれば身体を鍛え筋肉をつけるという行為に表れることが多い。夏場になると黒のタンクトップを着て、肩の筋肉を出して歩いている男性を見かけるが、全員とは言わないが、この「強くあれ」というプログラムを書いている可能性がある。

これは僕もあった。僕は肉体的な「強さ」に必要以上に執着していた。身体を鍛え、「強さ」に固執した。

子どもの頃、「もし神様がいて、何でも希望を叶えてくれるとしたら」ということをよく夢想した。僕の答えはいつもこの二つだった。

「世界、最強」

「不老、不死」

いまから考えると子どもの笑い話だが、当時は本当にそれが叶ってほしいと思っていた。裏を返すと、「僕は弱い」「死ぬのが怖い」ということだ。

これも、ドライバーの「強くあれ」の変形だろう。

女性であれば、いつまでも「若さ」にこだわり、整形手術などを繰り返す場合も、このケースに当てはまるかもしれない。

他にも、社会を生き抜くために必要以上に学歴にこだわったり、資格を取りまくるという行為や、ブランド品や高級車や必要以上の収入や社会的地位への執着にも表れることがある。僕がボクシングというスポーツに惹かれたのも、ここに根っこがある。

三つ目は「一生懸命、努力せよ」。

このプログラムを書いている人は、とにかく頑張る。歯を食いしばって頑張って頑張って、頑張り続ける。

なんでそんなに頑張るかというと、「頑張っている自分に価値がある、頑張れない自分には価値がない」「結果ではなく、頑張るという行為が大事」だからだ。

このプログラムを書くと、延々と無制限にブレーキをかけずに頑張り続ける人になってしまう。僕のように。

頑張って頑張って頑張り続けた結果、気づいたらステージ4のがんになってしまった……というケースは、よく耳にする。

四つ目は「他人を喜ばせよ」。

自分のことを置いておき、「他人のために」自分を犠牲にして生きる。

「他の人が喜ぶことが、私の幸せ」という生き方だ。

このドライバーで生きている人は、他人のことばかりを考えているので、「自分がどうしたいか」がわからない、と言われている。

がんになって自分の時間が少ないことに気づき、「残った時間、やりたいことをやろう」と思ってみたものの、「やりたいことが、わからない」ということに直面したりする。

自己犠牲を繰り返し、自分ではなく、他人を喜ばせる人生を生き続けた結果、気づいたらがんになっていた……これもよく耳にするケース。

最後の五つ目は「急げ、効率よくこなせ」。

常に先のことを考え計画し、効率よく物事をこなしていく。このプログラムを持っている人は「仕事ができる」と言われている人たちだ。

この人たちは、飲み会や旅行の幹事をすることも多い。周りの人たちからも、そういう意味で信頼されているだろう。この人たちに任せれば、物事が効率よくスムーズに運ぶからだ。

しかし、この人たちは常に「先のこと」を考え、「いま、ここ」を感じることがない。常にせかせかと急いでいる。あそこにも行った、ここにも行ったと多くの行動をするが、実際にその時にどんな感じだったかという、感覚的な記憶はない。常に先のことばかり「考えて」いるから、「感じる」ことができない。

目標、目標と先ばかり見て足元を見ず、急いで走り続け、気づいたらがんだった……という話は、冗談にもならない。

人は誰でも、社会から承認を得る（深掘りすると、親から承認を得る）ためにドライバーを持っている。

ドライバーを持っていること自体は、悪いことではない。

ドライバーは役に立つものだ。それを使えば、周囲から承認がもらえる。しかしそれに無意識に駆り立てられると、僕のように回し車の中のハムスターになって無限にドライバーに駆り立てられ、気づいたらがんのステージ4……。

大切なのは自分のドライバーを知り、それを「ほどほどに」使うことではないだろうか。

「いい加減」という言葉がある。ネガティブな意味で使われることが多いが、この言葉を「よい加減」と書き換えると意味が変わる。

やりすぎるのではなく、「よい加減」でやる。

ドライバーも「よい加減」で使うことが、いいのではないだろうか。

「頑張らない」で「お任せする」生き方

がんになりやすい人には、3つの特徴があると言われている。

・頑張る人
・我慢する人
・頑固な人

三つともGから始まるので3Gと呼ばれている。

僕もまさに、3Gだった。

完璧を目指し、頑張る。

弱音は吐かず、限界まで我慢する。

そして人の言うことを、聞かない。

妻のアドバイスを聞かず、身体が悲鳴を上げているのに我慢し、完璧を目指して頑張り続けた結果が、肺がんのステージ4という結果を連れてきたのだと思っている。

頑張ってしまうのは、頑張っていない自分はダメで価値がないと思っているから。ありのままの自分にOKを出していない。だから、頑張る。頑張ることで自分を証明したい。頑張っている自分を認めてほしい。いや、頑張っている自分しか認められない。ここに病根がある。

我慢してしまうのは自分の身体の声や、自分の心の声を抑えてしまうから。自分の心の声より他者や周囲を優先してしまうから。自分が我慢すれば丸く収まると思っているから。だから我慢する。自分を大切にしないと、いずれ歪みが許容範囲を超えてしまう。

頑固なのは、自分のやり方や考え方を変えること、変化が怖いから。変わることが怖い。だから自分の想定範囲の中で変化なく生きていきたい。だから聞き入れない。頑固な人は強いのではなく、本当は弱い人なのだ。僕がそうだったからよくわかる。

この三つの生き方で生きていくと、目の前に起こるさまざまな出来事と、心の中で摩擦が起こる。摩擦とは訳すと、ストレスのことだ。

3Gの生き方はストレスフルな生き方だ。

過剰なストレスは、がんを創り出す可能性がある。

いま僕は、3Gの反対を心がけている。

・頑張らない
・我慢しない
・素直になる

3Gの反対とはストレスフリーの生き方だ。

頑張らないから無理することが少なく、疲れない。頑張っていない自分にOKを出しているから気分もいい。我慢しないから自分を抑える必要がなく、ストレスが少ない。素直だから周囲の人や目の前で起こる出来事を受け入れ、ぶつからないから、人間関係もうまくいきやすく、摩擦が少ない。


しかし、それでも目の前には、さまざまな予期せぬ出来事がやってくる。

脱3Gを心がけてから、僕もいろいろあった。

がんの全身転移から奇跡的に回復した3カ月後、それまで勤めていた会社から唐突に解雇通告を受け、5カ月後には無職になった。

あの時はがんの影響で体重も10キロ近く落ち、歩くのが精一杯。首のリンパに転移したがんの影響で声がほとんど出ない状態だった。

その状態で会社を解雇され、無職になるという体験は、「なんでまた、こんなことが？」と思うような出来事だった。がんの治療で貯金はほとんど使い果たし、社長に「退職金はなし」と言われた時は、目の前が真っ暗になった。がんで真っ白になり、解雇で真っ暗になったのは、いまでは笑い話だ。

人生を変える大きな三つの出来事は、大病、倒産、投獄と言われている。僕はわずか1年半でそのうち2つを経験することとなった。

退院した翌年には、とある出版社からがんの体験記の執筆依頼があり、半年以上かけて精魂込めて書いた原稿の完成後に出版が突然取りやめになったり（もちろん原稿料はゼロ）、またその数年後、定期診察で股関節CTの異常が見つかってがんの再発が疑われたり、薬の副作用で脳が腫れあがって記憶障害が起こったり、ステロイドの長期服用で目が見えなくなったり、頭蓋骨を切り開いて腫れあがった脳を切除する開頭手術を受けたり、実際に脳にがんが再発して放射線治療を受けたり、脳の外科手術の影響で右半身が不自由になったり、数え上げればきりがない。まさに人生ジェットコースター状態だ。

ジェットコースター体験で学んだこと。それはまず、それらの出来事を抵抗せずに受け入れるということ。

抵抗するとはどういうことか？　それは心の中で目の前の出来事を否定することだ。

僕の心の中で、もう一人の僕が叫ぶ。

「違う。なんでこんなことが起こったんだ。なんて運が悪いんだ。受け入れられない。誰のせいだ？　僕は何も悪いことしてないのに」

もちろん、目の前の出来事を改善しようとすることは大切だ。しかしそれは出来事を受け入れることから始まる、ということを僕は一連の体験の中で学んだ。

出来事を否定すると、そこに摩擦が生まれる。この摩擦がストレスとなって心と身体をすり減らしていく。


まず、受け入れる。受け入れることで、そこに落ち着きが生まれる。

言葉にすると、「ほう、そう来たか」。

そしてその状態を受け入れてから、いまの自分には何ができるかを考える。そしてその中でベストの選択をし、目の前のことを淡々とこなしていく。きっちりと作業していく。

その時、この先はどうなるのか？　もっと悪くなったらどうしよう？　など先のことはあれこれ考えない。目の前の〝やる〟ことに集中する。そしてできることを淡々とやる。頭の中にネガティブな未来が浮かんできても、深呼吸をして「それは幻想にすぎない」ことを見抜く。


ここでは、頭の中に浮かび上がるネガティブな思考と離れることがポイントとなる。

その際に役に立つのは瞑想だ。瞑想と言っても何も宗教的なことをするのではない。

静かな場所で、目をつぶって、心を落ち着けていく作業だ。

僕は朝、目が覚めた時に行うことが多い。

目をつぶる。呼吸に意識を合わせる。そして頭の中に湧き起こってくるさまざまな思考をただ眺める。思考が流れては消えていく様を、何も考えず、何も感じず、何も判断せず、ただ眺める。

そして、そこからただ、離れていく。


禅のマスター、道元禅師がそのコツを書き残してくれている。

「諸縁を放捨し、万事を休息し、善悪を問わず、是非を管せず、心意識の運転を止め、念想観の測量を止める」（普勧座禅儀）

意味は、すべての事柄から離れ、すべてを休み、善いとか悪いとかを問わず、善い悪いを考えず、心の中でグルグル思索することを止め、念（自分の世界観）想（感情）観（観察）を止める。

過去を思い出してグルグル考えたり、感じていること（気持ちや身体感覚）に囚われたり、うまくできているんだろうかという想いから、少しずつ距離を取っていく。

考えから離れる。過去から離れる。未来予測から離れる。身体感覚から離れる。

離れる……離れる……すべてから距離を取っていく。

不思議なことに、そこから離れた時、心の平穏がやってくる。

僕は個人的に、これを「インナー・バース（内なる宇宙）とつながる」と呼んでいる。

実際にネガティブな未来が実現する可能性は、ほんのわずかだ。頭の中でそれに囚われてしまっていることの方が、問題を作り出してしまう可能性が大きい。

実際、その後の僕の人生にはいろいろな予期せぬことは起こったが、なぜか、なるようになっている。自分の人生を自分でコントロールしようとハンドルを切り続ける方が、よっぽどストレスフルで疲れる。

禅の言葉に「円応（えんのう）」という言葉がある。イメージしてほしい。目の前の出来事にぶつからず、角がなく受け止める。「ほう、そう来たか」。つまりは「円」になる、ということ。そしてそれに「応」じていく。つまり目の前の出来事を淡々とこなしていく。心の中に起こる不平や不満、不安や心配を採用するのではなく、それを客観的に見下ろし、現状と摩擦なく淡々と応じてこなしていく。

同じく禅の言葉に「現成公案没商量」という言葉もある。これは大智禅師が偈頌（げじゅ）（悟りの境地を詠んだ詩文）で心境を述べたもので、僕的に翻訳すると「目の前に起こっていることを、損得勘定なしでやりなさい」という意味だ。

明日のことは、明日の自分にお任せする。

大丈夫、もし明日、何かが起こっても、明日の自分が何とかしてくれる。

これが、自己信頼。

いまは、できることを、ただ淡々とやっていく。そして、できれば喜びを持って。

身体のことは、身体にお任せする。身体の感覚に囚われて、あれこれ心配しない。心配は苦しみの核となり、さらなる苦しみを生んでしまう。

離れる、離れる、苦しみを客観視して、ただ、離れる。

身体は宇宙が与えてくれたスーパーマシンだ。心配は身体の免疫機能を下げてしまう。心配するだけ不健康になる、と思ったらいい。

そもそも思考が暴走して身体を酷使してきた結果が、現状を作っている可能性が高いのだから。

身体のことも、身体を信頼し、やることやって、後はお任せ。

全部お任せすると、後は自動運転、オートドライブになる。

そして、余計なことは何も考えず、やれるべきことをきっちりやって毎日楽しく、上機嫌で鼻歌を歌うように日々の時間を過ごしていく。

僕の経験だと、仕事も含めこちらの方が物事がうまくすんなりとストレスなく進み、やってくる結果もいいのだから、不思議だ。

僕は無職になった後、本を書きたいと思った。僕の体験が誰かの役に立つのではないか、と思ったからだ。あてはまったくなかったし、どこかの出版社に企画書を出すつもりもなかった。ただ、書きたいと思った。すると不思議なことに、その機会が向こうからやってきた。

その時つながった出版社との話は一度ボツになったが、なぜかまたすぐに別の出版社とつながった。このご縁はなんと、僕がボクシングジムで一緒に練習していた仲間からのつながりだった。まるで運命の糸に手繰り寄せられたような出会いだった。

そしてがんステージ4からの生還体験記『僕は、死なない。』が生まれた。運がよいことに、この本がベストセラーになり、その次に人生寓話『さとりをひらいた犬』を出版できた。幸いなことに、この本もベストセラーになった。そして2024年秋、『幸せをはこぶネコ』も出版することができた。

僕は仕事を創ろうと頑張ったわけではない。心を穏やかにして目の前の展開にお任せしていたら、機会が向こうからやってきたのだ。これが「頑張らない」で「お任せする」生き方だと思う。

賢者の言葉

一切の業障界はみな妄想より生ず
もし人懺悔せんと欲せば、端座して実証を思え

『観普賢経』

（刀根私訳）
すべての苦しみやトラブルは、すべて妄想から生まれる。
もしこの苦しみを何とかしたい、解放されたいと思ったら、
目をつぶって自分の内側を見つめ（内面を観照し）、
苦しみを作り出しているのは、自分自身であるということに気づき、
本当の自分を思い出すのです。

暴君に支配された国民は確かに不幸である。
だが、自分自身に対する無知やエゴイズムや悪徳のとりこになった人間の方が、はるかに奴隷に近い。

サミュエル・スマイルズ

もっとリラックスすればよかった

幸せを得ることはあなたがリラックスした時にだけ、可能なのだ。

OSHO

常に「戦闘モード」の人生

僕は常に緊張していた。

僕の身体は、いつもカチカチだった。

ジムに行った時にストレッチはしていたものの、身体はいつも凝りに凝っていて、月1回整体に通っていた。

施術が終わった後、まるで身体の重い皮を脱ぎ去ったかのような解放感に満たされた。

整体の先生からは、いつも身体がカチカチに固まっていると指摘されていた。

がんが発覚した直後、がん対策をあれこれ模索していた僕は、とある整体の先生を訪ねた。彼はそこで僕のお腹を触り、「深呼吸してごらん」と言った。

僕は言われた通り大きく息を吸い、吐き出した。彼は言った。

「全然息が吸えてないよ」

不思議に思った僕は、もう一度大きく深呼吸した。

「ダメ、全然」

彼はそう言って、僕のお腹をさすった。

「呼吸はね、腹でするんだよ。君がしてるのは胸の呼吸。リラックスするような深い呼吸は腹式呼吸なんだ。君は息を吸った時胸が膨らむ。それは胸で呼吸している証拠さ。腹式呼吸は息を吸った時腹が膨らむんだ。逆だよ逆」

そう言って、笑った。

僕は彼に言われた通り、腹が膨らむ腹式呼吸を試みたが、まったくできなかった。

僕はいつも胸で呼吸していた。腹で呼吸するということを、したことも意識したこともなかった。これでは呼吸は浅くなり、酸欠状態になっても仕方がない。

胸で呼吸をすると身体に力が入り、緊張が高まる。リラックスするためには腹式呼吸が大切だった。

いま振り返ってみると、がんになるまでの僕の人生、いや「頭の中」はまさに「戦い」だった。

子どもの頃から始めた剣道は大学卒業までやっていた。剣道は言わずと知れた格闘技だ。元々が真剣の殺し合いから始まったスポーツだから、精神性も含めとても厳しいものがある。僕の頭の中には常に「勝ち・負け」があった。

大学4年の春に剣道部を引退し、ボクシング部へ居候的に身を置いて、それまで興味のあったボクシングを始めた。そして社会人になってからはボクシングジムに通い始めた。子どもの頃からボクシングをよく見ていたこともあったが、いざトラブル（主に喧嘩）に巻き込まれた時、近くに棒があったらいいが、棒がなければ自信がない。じゃあボクシングだ、と考えたことも理由の一つだった。

そんな〝いざ〟という時なんて起こらないのに、そんなことを常に頭の中で考えていた。

妻と付き合い始めた頃、ドライブ中に警察官に職務質問され、トランクの中にあった木刀を発見されて捕まった。

その時、警察官から「なんで木刀なんか持ってるんだ」と質問された僕は、「からまれた時にこれで戦う」と答えた。すると、なんと「軽犯罪法違反」で捕まってしまった。後で警察官から「素振り用です、と言えば捕まらなかったのに」と教えてもらった。頭の中が常に「戦い」だったので、そんな言い訳すら思いつかなかった。

ボクシングは一時中断した時期もあったが、がんになるまで30年以上続けた。僕自身はプロ選手にはならなかったが、最後の10年間はジムでトレーナーをしてプロ選手を指導していた。

自分に全勝を課していたこともあり、トレーナーとしての戦績はまあまあだった。僕が指導した六人の選手のうち、三人は日本ランキングに入るボクサーになり、一人は日本タイトルマッチにも挑戦した。他の三人も新人王というトーナメントで一人は準優勝、二人はベスト4に入った。

僕はがんになった時、3人の選手を教えていた。ボクシングは野球やサッカーと違って、試合にかかる負担やダメージが大きく、数多くの試合をすることができない。せいぜい年間3試合だ。僕は同時に三人の選手を教えていたので年間約9試合。年間9試合あるということは、そのための準備、対策、トレーニング……とトレーナーの僕はほぼ1年中試合に向けて突っ走っている、という状態だった。

もちろん僕は、選手のようにハードな練習をしたり減量したりすることはなかったが、気持ちの中では選手と一緒に常に「戦闘モード」で走っていた。

心理的に「休む」「ゆったりする」ということがほとんどなく、逆にそれは「よくないこと」と感じていた。

逆に「戦っている」「突っ走っている」という「やっている感」で、満足さえしていた。

この戦闘モードが作り出す「緊張」が、身体に悪影響を及ぼすことを知ったのは、がんになった後だった。

僕の頭の中の「猛獣」

僕たちの身体には、体温や呼吸、脈拍や消化などを自動的にコントロールしてくれる「自律神経」というものがある。

自律神経はブランコみたいなイメージで、右と左に行ったり来たりしてバランスを取っている。右に行けば行くほど緊張状態の「交感神経」になり、左に行けば行くほどリラックス、休息・回復状態の「副交感神経」になる。

身体は緊張状態の「交感神経」と休息・回復状態の「副交感神経」の間を、バランスを取って活動している。

目が覚めている時、交感神経が働き始める。そして日中のさまざまな刺激的な活動が終わった後、副交感神経が働き始め、身体が休まり回復し始める。

では、僕が常にいた「戦闘モード」とは、どういう状態だったのか。

それは例えて言うならば、目の前に「猛獣が現れた」状態だ。

現代社会では、目の前に猛獣が現れることはほとんどない。しかし僕たちの身体は、過去の出来事の記憶、つまり僕らのご先祖様の記憶を遺伝子の中に刻んでいる。

石器時代や縄文時代、僕らのご先祖様が狩りに出て猛獣に出会った時の記憶だ。

森で木の実を探していたら、木の陰から突然、熊が現れた。

熊と目が合う。熊の荒い息遣いが聞こえてくる……。

「ま、まずい！　どうしよう。このままだと襲われ、食われてしまう！」

「逃げる」か「戦う」か。

どちらか、選択しなければならない。

ぐずぐずしていると、襲われて死んでしまう。さあどうする？

その時「緊急戦闘モード」が発動する。

心臓の鼓動がドクドクと速くなり、身体が効率よく筋肉を動かせるように血液を体中に運び始める。

多くの情報を目で集めなければならないので、瞳孔が開く。

逃げるにしても戦うにしても無傷ではいられない可能性が高いので、手足の末端が出血した時に出血多量にならないよう、末端の血管が収縮し、血液が手足の末端から身体中央に集まる。そのために手のひらに汗をかき、手先が冷える。

生きるか死ぬかの瀬戸際なので、胃腸の活動が停止する。のんきに消化なんかしている場合ではない。

集中力が増し五感（視覚、聴覚、嗅覚、味覚、触覚）が鋭敏になり「覚醒状態」になる。

これが、「戦闘モード」状態だ。

無事ピンチを脱出できた後、この「戦闘モード」が解除できれば、今度はそこで傷ついた身体を修復する「回復モード」に変わることができる。

こうやって僕たちのご先祖様は「戦闘モード」と「回復モード」を上手に使い分け、生き残ってきた。


いま、僕たちの環境には「猛獣」はいない。

猛獣に襲われ、食われてしまうこともない。

しかし、僕たちは常に「猛獣」に取り囲まれている。その猛獣とは「ストレス」だ。

僕たちがストレスを感じると、DNAに刻まれた「戦闘モード」が起動してしまう。そして身体は、目の前に猛獣がいるかのように反応する。

読者の皆さんも、大勢の前でのスピーチとか、大事なプレゼンや面接の直前に心臓がバクバクしたり、手足に冷たい汗をかいたりしたことはないだろうか。これが「戦闘モード」の特徴だ。

僕の頭の中は、常にこの「戦闘モード」だった。「猛獣」は、僕の頭の中に存在していた。

ご先祖様は、猛獣たちから逃げることができた時、「回復モード」に切り替えることができたが、僕は自分の頭の中にいる「猛獣」から逃げることはできなかった。

そもそも僕は、自分の目の前に猛獣がいることにすら、気づいていなかった。

頭の中は常に目の前の「猛獣」と戦わなければ、何とかしなければ、という緊張状態だった。

これでは、疲れるわけだ。

幸せは「戦い」の中にはない

「回復モード」は自律神経で言うと、副交感神経側になる。

副交感神経サイドは、リラックスだ。

リラックスすると身体の緊張が解け、筋肉が弛緩し、呼吸が深くなり、身体の中にある免疫細胞たちが活動を始める。

ゆったりとリラックスして、深い眠りにつく。

こうして日中溜まった疲労が回復し、破損した細胞が修復され、栄養が消化吸収され、翌日の活動に向けて準備をする。

僕は常に頭の中が「交感神経側」の緊張モードであったため、布団に入って眠りについても「覚醒状態」が続き、緊張が解けなかった。目覚ましが鳴る前に目が覚めてしまうことも、度々あった。


なんでそんなにいつも緊張し「戦闘モード」だったのか。

それは前述したドライバーが、原因と思われる。

「完璧であれ」「強くあれ」「一生懸命、努力せよ」

これらのドライバーに駆り立てられた僕は、常に全力で「回し車」の中を走り続けていた。

力を抜いてしまうと、回し車の外へはじき出されてしまう。

ダメだ。休んではダメだ。リラックスしてはダメだ。僕はそうやって戦闘モードで回し車を走っていた。

僕はがんになって身体のことをいろいろ調べた。それらは知らないことばかりだった。

その一つが、白血球だ。

僕は、白血球とはただ単にバイキンが入った時にそれをやっつけるもの、くらいの知識しかなかった。

白血球には、大きく分けて顆粒球（好中球）、リンパ球、マクロファージがある。細かく分ければ他にもいくつかあるかもしれないが、大きく分けるとこの三つ。

その割合は個人差もあるが、顆粒球が約60％、リンパ球約35％、マクロファージが５％と言われている。

自律神経が緊張モードの交感神経側になっていると、血液の中の白血球の成分が変わる。

緊張モードになると、身体は体外から細菌やウイルスが入ってきたと反応する。

風邪を引いた時や細菌に感染した時、やっつけてくれる白血球が顆粒球だ。緊張モードになると顆粒球が増え、細菌やウイルスに備える。

白血球はすべて合わせて100%だから、必然的にもう一つのリンパ球が減ることになる。その減ってしまうリンパ球は、がんを退治してくれる白血球だ。

身体の中で細胞が作られる時のコピーミスが、がん細胞。健康な人でも1日5000個のがん細胞が、体内で作られていると言われている。

この毎日5000個作られるがん細胞を、リンパ球がせっせと退治してくれている。

しかし、毎日交感神経優位で生きていると、リンパ球の数が相対的に減ってしまう。

僕は全身にがんが転移し、1カ月入院した。その時の血液検査では僕のリンパ球は10%しかなかった。80%から90%が顆粒球だった。10年近く戦闘モードで生きてきた結果かもしれない。

リンパ球が10%しかない状態が長く続けば、がん細胞の増殖を抑えることは難しいと考えられる。

日中に緊張やストレスを感じることは、仕方がないことだ。

しかし、帰宅してからはゆったりとリラックスすることが大切ではないだろうか。

僕は帰宅してからも、常に仕事やボクシングのことばかり考えていた。リラックスしたり深呼吸したりすることは、ほとんどなかった。

身体の中の副交感神経を働かせること。つまりリラックスすること、それができて初めて身体は健康に長持ちするということを、僕は学んだ。

白血球の割合を健康状態に戻す方法がある。それは「身体を温めること」。約20分、熱すぎない温かなお湯に身体を浸すと、血液中の白血球成分が元の割合に戻るということが、実験で確認された。

自律神経は全身に張り巡らされているが、胃や腸などの内臓にも網のようにびっしりと張り付いているそうだ。

温かめのお湯に入って、優しくお腹をマッサージする。

これも自律神経をリラックスさせる方法の一つ、と言われている。

誰でもすぐにできることなので、今晩からぜひやってみて頂きたい。

僕がそうだったように、「戦闘モード」でも〝やってる感〟は感じることができる。それは水槽の中のマグロだ。止まったら死んでしまう。

戦いは常に「相手」を必要とする。その相手は具体的な誰かであったり、社会だったり、仕事だったり、あるいは自分自身だったりする。しかし相手を倒したら、また次の相手が現れる。永遠に敵が現れ続ける人生に、安らぎや幸せはあるのだろうか？

確かに人は戦いによって磨かれ、成長することは事実だ。

ボクシングでも相手が攻撃してきたら、ガードを上げてパンチをブロックし、防御する。身体を固めてダメージを少なくすることは大切だ。身体の力を抜いている時にパンチを受けたら想像以上にダメージを受けてしまう。だから人生でも「戦闘モード」は必要だ。

しかし、実は本当にいい動きができる時は、身体の力が抜けている時だ。ガチガチに固まっていると反応が遅くなる。僕がトレーナーだった時、選手たちにいつも「身体の力を抜け」と口が酸っぱくなるほど言っていた。

人生も、同じだと思う。

幸せは「戦い」の中にはない。

戦う時は戦い、リラックスする時はリラックスをする。身体を固める時には身体を固め、抜く時には抜く。「交感神経」と「副交感神経」の使い分け。

「変えられることに対しては勇気を、変えられないことに対しては落ち着きを、その見極めには智慧を」という言葉があるように、この使い分けが大事だ。

行き詰まった時、ふと解決策が降りてくることがある。それは総じてふとした時、それもリラックスをしている時だ。

「安心」という言葉は、安らかな心だ。ファイティングポーズを下ろし、安らかな心の状態になって初めて「幸せ」を感じることができるということを、僕は学んだ。

賢者の言葉

自分の中に戦闘状態の何者かがいること、脅かされたと感じて、どんな犠牲を払ってでも生き延びようと望む者、波乱のドラマにおける勝利者として自分のアイデンティティを確認するために劇的状況を必要とする者がいることを、感じ取れるだろうか?

エックハルト・トール

恐怖と戦わないようにしなさい。

さもないと、あなたはますます恐れるようになり、新しい恐れがあなたの中に入り込んでくる。それは恐怖への恐怖だ。

幸せは何事もまったく関係がないのだ。

それは、あなた自身という存在がただ何も期待せず、リラックスし、くつろいでいる状態なのだ。

OSHO

もっと自分の本音に気づけばよかった

問題があるとすれば、それはすべきことがあるのではなく、知るべきことがあるのだ。

ルイーズ・L・ヘイ

「あー、これでやっと休める」

僕は大学を卒業し商社に就職した。その後「やりたいことをやる」と決意し、30歳になる時に会社を辞め、起業をしたり、それがうまくいかなかったりして転職を繰り返した。経験した仕事は両手では数えきれない。

最終的にコミュニケーションの講師という、やりたかった職につくことができた。

僕にとって講師という仕事は、天職だと思った。心理学にも興味があったし、それをベースに求められる研修も、やりがいがあった。

ボクシングのトレーナーも、同じだ。

ボクシングというスポーツの動きを研究すること、極めることは、僕にとって何よりの楽しみだった。そして教えるのが好きという僕の性格的な傾向もあり、トレーナーという役割も、僕にとってやりがいを持って行えるものだった。

しかしその好きで始めたこと、やりがいを持ってやっていたはずのことが、気づかないうちに、いつのまにか義務になり、それが責務になり、最後は債務になっていた。

やりたいことをやって、生きたいように生きていると思っていたのに……なんでがんになってしまったんだろう？

がんが発覚した時、そう思った。


がんの宣告を受け、会社やジムに休みを取ることをお願いし、了解を得た。

その時、僕が感じたこと。

それは「あー、これでやっと休める」だった。


え？

いま、何を感じた？


心の奥底から湧き起こってきたその声を聞いた時、自分でも驚いた。

僕は、自分がそんなにも「休み」たかったということに、気づいていなかった。

僕は、自分がやりたいことをやって「幸せ」に生きている、と思っていた。

その時の僕は、走り続けることが「やりがい」だった。

しかし、心の奥底で、ふと感じていた。

この生活が、一体いつまで続くんだろう？

一体、どこまで走り続けなければならないんだろう？

しかし、それ以上考えないように、ふと湧いてくるその想いに蓋[ふた]をして見ないようにしていた。

それががんステージ4の宣告を受け、目覚ましブザーのように意識の表面に浮かび上がってきた。


がんになると、いままでの日常生活がガラリと変わる。

いままで平穏に流れていた日常に、「強制ストップ」がかかる。

もう長い時間、生きられないかもしれない……。

頭の上に飛ぶハエに追われていた毎日に、「死」という現実が、リアリティを持って目の前に突きつけられた時、心の奥底の想い、感じないように蓋をしたり、ごまかしてきた本音が浮かび上がってくる。


仕事やトレーナーを続けることが、苦しかった。

休みたかった、辞めたかった、リセットしたかった。


僕が教えていた一番若い選手は当時22歳だった。

とても才能のある子で、後に無敗で世界3階級制覇をした選手から、試合でダウンを奪ったこともある（試合は0—2判定負け）。

僕は、ふと思った。まだ彼は22歳。おそらく30歳頃までは現役を続けるだろう。ということはあと8年か……8年もこの生活を続けることができるんだろうか？　僕はそれまで持つんだろうか？　いやいや、ここで辞めるとかありえない。彼らを放り出すわけにはいかない。やるしかない。

僕のジムでもトレーナーが自身の都合で急に辞め、その教え子たちが裏切られたような気持ちになって、傷ついていた姿が脳裏に浮かんだ。僕は、そんなことは絶対できない、彼らが引退するまでは、僕がトレーナーを続けなければならない。

頭の中にふとよぎる「もう、止まりたい」という想いに、蓋をして見ないようにしていた。

僕は自分が「完璧であれ」というドライバーに駆り立てられ、限度を超えて突っ走り、本音は「苦しい」「もう止まりたい」と思っていたことに、気づいていなかった。

がんは、「回し車」を全力で走り続けていた僕への、強制ストップだった。

これ以上走り続けたら、死ぬよ。死んじゃうよ。

もういい加減気づきなよ、自分の本音に。

がんは、僕にそう告げていた。

僕がその本音に気づいていれば、踏み続けていたアクセルを少し緩め、回し車のスピードを意識的に落とすことができたかもしれない。

そしてもう少し自分に優しく、仕事やトレーナーとしての役割をこなしていたかもしれない。

自分の本当の気持ちに〝気づく〟こと。

それができて初めて、踏み続けていたアクセルの調整ができるのではないだろうか。

僕は悲しかったんだ

前述した通り、子どもの頃の僕は、「自分はNOT OK」と感じ「傷ついて」いた。

その「傷」を感じないようにするため、かさぶたのように「ドライバー」に駆り立てられ生きてきた。

そのかさぶたを剥(は)がした時、そこには「傷ついたまま、置き去りにされていた僕」がいた。

僕はその傷ついた「子どもの自分」を、まるで存在しないかのように、無視してきた。

通っていた漢方クリニックの医師が言った。

「漢方では、肺は悲しみの臓器と言われています。刀根さんは、悲しみを感じたことはありませんか?」

「いいえ、悲しみなんて感じたことはありません。怒りなら感じますが」

そう、僕は怒りはしょっちゅう感じていたが、悲しみはほとんど感じたことがなかった。

「おかしいわね。怒りの臓器は肝臓なんだけど」

その数カ月後、カウンセリングを勉強しているがん仲間のカウンセリングを受けたら、同じ話題になった。

「がんになった原因は、何だと思う？」

「うん、怒りかな」

「何の、怒り？」

「社会とか政治とか、そんなものにすごく腹を立てていたんだ。自分でも何やってたんだろうと思う」

「そうなんだ。でも怒りは肝臓に影響があるって言われてるんだけど、がんになったのは確か、肺だったよね」

「肺は何の感情を表すの？」

「肺はね、悲しみ」

「おかしいな。悲しみか……悲しみなんて、感じたことないな」

「じゃあ怒りを感じてた人いる？　身近に」

「うん、父だよ」

「お父さん……」

その時、僕は自分が父にされたことをたくさん思い出した。

ずっと見続けていたアニメ番組の最終回を、宿題を理由に見せてもらえなかったこと、集めていたマンガをほとんど全部捨てられたこと、最終的にはテレビを押し入れにしまわれてしまったこと……走馬灯のように、たくさんのことが思い出された。

僕は、父の理不尽な行為にずっと腹を立て続けていた。成人しても、忘れることができなかった。

あんな父親みたいになるものか、そう思っていた。

いまから考えると、前述の通り僕はADHDだったと思われるので、父がそうせざるを得なかったということは、よくわかる。父は本当に、僕の将来を心配していた。しかし、それは子どもだった当時の僕に怒りと反発、そして自己否定を作り出すものでしかなかった。

僕は父に対して感じていた恨みつらみ、「認めてもらえない」という、自分の苦しみを話した。

友人は、言った。

「それ、ちゃんと言ったことある?」

「あるわけないいじゃん」

「じゃあ、ちゃんと言葉に出して言って」

「え、ここで？」

「違うよ、お父さん本人に会って、ちゃんと伝えるの」

全身が、硬直した。

想像するだけで、冷や汗が出た。

僕は父に、本音を話したことがなかった。

「これは、宿題ね」

大きな宿題を、もらってしまった。

僕は帰り道、父について考えた。それまで父について考えたことは、ほとんどなかった。

なぜあんなに、父に腹を立てていたんだろう？

なぜあんなに、父にこだわっているんだろう？

それは青天の霹靂のような、ひらめきだった。

「僕は父に、愛してほしかった」

「許可」ではなく、無条件の「愛」がほしかったんだ。

僕の中にいる「子どもの僕」は、無条件の愛を求めていた。それが得られなくて、怒ってたんだ。

僕はそれに、まったく気づいていなかった。

夜、布団に入り、目をつぶった。

まぶたの裏に、子どもの頃の僕が現れた。

それは小学校1年生くらいの僕で、なぜか汚れた体操服と赤い帽子をかぶっていた。

その子は目を伏せ、とても寂しげで、内股で、肩をすぼめ、元気なく立っていた。

この子は、僕だ。

僕の中に、この子がいたんだ。

僕はこの子の存在を感じないように、「完璧であれ」「強くあれ」「一生懸命、努力せよ」というドライバーで、必死に覆い隠してきたのだった。

僕は父が大好きだった子どもの頃を思い出した。そう、僕は父が大好きだったのだ。でも僕自身の行動もあり、僕がほしかった無条件の愛を、感じることができなかった。

だから、僕は悲しかったんだ。

僕は、父に愛してほしかったんだ。

「怒り」は、「悲しみ」を感じないようにするための、防御壁だった。

2017年6月、がんが進行し、医師からこう告げられた。

「このままだと、来週にでも、呼吸が止まる可能性があります」

ついに、余命1週間になってしまった。

これはもう、もらった宿題をやるしかない。現実的に考えて、おそらくもう病院の外で父に会うことはないだろう。おそらく、このまま緩和ケア病棟に入院して、死を迎えることになるだろう。だからこそ、最後にきちんと自分の口から本音を伝えよう。

その2日後、僕は意を決して父に会った。

「痩せたな」

僕を見た父は、心配そうに言った。

「今日は来てくれてありがとう。入院前に、父さんにぜひ話しておきたいことがあるんだ」

父は、緊張気味にうなずいた。

「実はね、この前カウンセリングを受けて、自分が抱え込んでいる本当の気持ちを外に出すことが大切だってアドバイスをもらったんだ。俺の話を聞いていろいろ反論したり、それは違う、とか言いたくなることもあると思うけど、最後まで黙って聞いてほしいんだ」

「わかった」

「実はね、俺、父さんからず～っと認められてないって感じてたんだ。褒めてもらった記憶がない」

「……」

「いつも、ああしなさいとか、こうしなさいとか、ここがダメだ、これが足りない、まだまだ、まだまだって言われ続けて、すごく苦しかったんだよ」

「そうなのか」父は、意外そうにうなずいた。

「でもね、お父さんはそれがあなたにとっていいと思って……」

横にいた母が、父を気遣うように言った。

「うん、それはわかってる。でも今日は俺の本当の気持ちを外に出すことが大事なんだ。だから最後まで黙って聞いてほしい」

僕は、話を続けた。

「俺、いろいろ強制されて、本当にイヤだったんだ。あれしろ、これしろ、あれするな、これするなって」

子どもの頃の記憶が、鮮明に蘇ってきた。

「小学校の時、父さんに通知表を見せるのは本当にイヤだった。なんだこれは、ちゃんと勉強しなさい、こんな成績じゃいい仕事につけないぞって言われたし、これがダメ、あれもダメって……。ま、確かに体育以外は全然ダメだったから仕方なかったと思うけど、でも、死刑台に向かう囚人の気分だった」

僕は無言で話を聞く父を見ながら、話を続けた。

「小学1年生の夏休み、〝宿題を終わらせてからにしなさい〟って、マジンガーZの最終回を見せてもらえなかった。最終回だからって説明したのに〝ダメだ〟って聞き入れてもらえなかった。たった30分だよ、30分。宿題、必死で頑張ったけど間に合わなかった。ほんとに毎週楽しみに観ていたのに、最終回が観れなかった。あの当時は再放送なんてなかったから、その後も見ることはできなかった。結局、いまでも観てない。あの時の無力感、絶望は一生忘れられない。絶対に忘れない。忘れることなんてできない」

「それは、すまなかった」

父は、小さくつぶやいた。

「他にも小学校6年生の時、手塚治虫以外のマンガを全部捨てられたこと。全部捨てられた。家に帰ったらマンガがなくて、本棚がスッカラカンになってた。あの空っぽの本棚は一生忘れられない」

「……」

「テレビを押し入れに隠されたことも。学校から帰ってみたら、テレビ台しかなかった。テレビが消えてた。何が起こったんだ!?と思った。おかげでガンダムの続きが全部観れなかった。学校の成績でも、習ってた剣道でも、褒めてもらった記憶が一つも、一回もない」

僕の心の奥底に住んでいた、小さな子どもが声をあげていた。

父はうつむきながら言った。

「そんなに……褒めてほしかったのか……」

「うん、まあ、俺もカウンセリングを受けて初めて気づいたんだけどね。俺はね……」

熱いものが胸の奥からせり上がってきて、言葉に詰まった。

「ただ『大好きだよ』って言ってほしかったんだ」

口にしたとたん、涙があふれた。

父が驚いて顔を上げ、僕を見た。

「ひと言でいいから〝お前は俺の自慢の息子だ〟って言ってほしかったんだ。それだけ、それだけだったんだよ」

もう、声にならなかった。

頭をよしよしって、してほしかったんだよ。

ぎゅっと抱きしめてほしかったんだよ。

褒めてほしかったんだよ。

認めてほしかったんだよ。

なんでかって？

……そう、僕は……。

父が……お父さんが、大好きだったんだよ！

父を大好きだった、無邪気な時の気持ちが、蘇ってきた。

そう、僕は、お父さんが大好きだったんだよ！

だから、だから、お父さんに褒めてもらえなくて、認めてもらえなくて、悲しかったんだよ！

深い心の中に隠されていた気持ちが、渦を巻いて噴き出していた。

僕はぐちゃぐちゃになった。嗚咽（おえつ）で肺が苦しくなった。涙で父の顔が見えなくなった。涙が喉に入り、むせて咳が止まらなくなった。一緒にいた長男が横からティッシュを渡してくれた。

「ただ、ただ、愛しているよ、そのままでいいよって、ひと言でいいから、言ってほしかっただけなんだよ」

父は、僕の目を見て言った。

「健のことはもちろん、愛しているに決まってるじゃないか。そんなこと聞かれるまでもない。今回だって……」

そこで父は、言葉を詰まらせた。

「何度、俺が身代わりになりたいと思ったか……」

そう言って、泣いた。

僕も、泣いた。

父だって反論したかっただろう。

それは勘違いだよ、と言いたかっただろう。

いつもお前を愛していたんだよ、と言いたかっただろう。

でも、父は何も言わなかった。最後までひと言も反論しなかった。

僕の想いを、すべて受け止めてくれた。

僕は父のおかげで、自分の中に抱え込み、意識の底にしまい込んでいた本音、「傷ついたまま置き去りにされていた子ども」を、外に解放することができた。

お父さん、ありがとう。

帰っていく二人の背中を見ている時だった。

出て行った……。

何かとてつもなく重く、苦しく、痛いものが、身体から出ていったことがわかった。

胸が、身体が、信じられないくらいに軽くなった。

これか……。

これが、友人の言っていた〝病気の元になった感情を外に出す〟ってことなんだ。

悲しみが、僕の中から出ていった……。


自分の本当の気持ちを話す。それによって、自分の中にいる「傷ついた子ども」を癒す。

それができて、本当によかった。本当に、そう思う。

その想いを受け止めてくれた父に、本当に感謝している。


そう、父は僕を、最初から、ずっと愛していたのだ。

賢者の言葉

真実を話せ。
さあ、話せ。
話すのだ。

パトリック・ネス

もっと愛すればよかった

深く探ってみれば、人間の行動には二つの言葉しかない。

不安（恐れ）か、愛か。

愛に支えられた行動を取れば、生き延びるだけでなく、勝利するだけでなく、成功するだけでなく、それ以上のことができる。

ニール・ドナルド・ウォルシュ

愛犬の死

がんが発覚した2カ月後、飼っていた犬が亡くなった。

それはまるで、僕の身代わりになってくれたような、突然の死だった。

泊りがけの仕事の出張先から帰る途中、動物病院から連絡が入った。

その日の朝、ちょっと具合が悪そうだから病院に連れていく、と妻から連絡が入っていた。発信元の動物病院の番号を見た時、胸騒ぎがした。妻はパートで外出中だった。

どうしたんだ……まさか。

「残念ですが、先ほど亡くなりました」

僕は急いで帰宅をし、すぐに病院に向かった。

そこには、昨日まで元気に動き回っていた、生気を失った彼の姿があった。

命というエネルギーが抜け、ただの「物体」になってしまった彼がいた。

僕は動かなくなったまだ温かい彼を、抱いて家に戻った。

玄関を開けた時、いつもと違う静寂があった。いつもなら、吠えながらニコニコ笑って僕の足元にじゃれついてきて、大歓迎をしてくれた彼がいた。しかしいま、彼はいない。

いままで〝いつも〟だった光景がすっぽりと抜け落ちて、空虚な空間になってしまったように感じた。

もう、彼はいない……。

もう二度と、彼をなでたり、抱きしめたりすることはできない。

もう二度と、彼の声を聞くことはできない。

しーんと静まり返った玄関でそれを実感した時、一生懸命僕を愛してくれた彼を、忙しさにかまけ、粗雑に扱っていたことに気づいた。適当にあしらっていたのだ。

彼がご飯を食べていたお皿を目にした時、言いようのない寂しさを感じた。このお皿で喜んでご飯を食べていた彼はもういない。もう二度と、このお皿で嬉しそうにご飯を食べることはない。

目の前から彼がいなくなって初めて、彼が全力で僕を愛してくれていたことに気づいた。僕は同じだけの愛を彼に返していたのだろうか？　あんなに僕のことを大好き、大好きと言ってくれていたのに。彼の笑顔、彼の声が脳裏に浮かぶ。

どんなに後悔しても、どんなに抱きしめようと思っても、もう彼は目の前にいない。目の前にあるのは、少し前まで彼だった物体だった。

もっと、愛してあげればよかった……。

もっと、抱きしめてあげればよかった……。

そして、さらに思った。

僕もじきに、こうなるかもしれない……。

僕は、いまの彼のように生気を失って、物体になってしまった僕を、想像した。

後悔……そして、焦り……。

ある日僕は、写真データの整理を始めた。

それは僕がいなくなった後、妻や子どもたちが写真を見たいと思った時、どこに何があるかわからない、という状態にしたくなかったからだ。

僕がいなくなった後、時々でいいから、家族みんなで行った旅行や出来事などを思い出してほしかった、ということもある。

僕が死んだら、写真はここにあるよ、と伝えたかった。

僕は、写真を見た。

それは、子どもたちがまだ小学校に入る前、家族みんなで那須高原に旅行に行った時の写真だった。

牧場でアイスクリームを食べている子どもたち。湖で白鳥の足漕(こ)ぎボートに乗って笑っている妻の顔……。

流れるプールで、狂ったように泳いでいた子どもたちの姿。

どれもこれも、笑顔にあふれていた。

写真の中の僕も妻も、まだ若い。写っている子どもたちも、みんなまだ小さい。

写真の中でニコニコ微笑んでいる妻。楽しそうに笑っている子どもたち。

いろんなところに行ったなあ。いろんなこと、やったなあ。

あー、でも、僕の人生は、もうすぐ終わってしまうんだ……。

何とも言えない物悲しさが、湧き起こってきた。

ニコニコと笑っている写真の中の妻の顔を見ているうちに、涙が出てきた。

よかったんだろうか？

本当に、これでよかったんだろうか？

彼女は僕と一緒に生きて、幸せだったのだろうか？

僕は、彼女を幸せにすることが、できたんだろうか？

僕は、彼女をちゃんと愛することが、できていたんだろうか？

胸に手を当てて聞くまでもなく、その答えは〝NO〟だった。

僕は自分のことに精一杯で、とてもとても彼女の幸せまで考えることは、できていなかった。

自分……自分……自分……。

僕の頭の中は、〝自分〟ばっかりだった。

後悔しても、時すでに遅し……。

なんて、愚かだったんだろう。

妻よ、息子たちよ、ごめんなさい

僕は、〝愛する〟という感覚が、わからなかった。

〝好き〞は理解できたが〝愛する〞が、わからなかった。

〝愛する〞を言葉で解説するのは難しいが、例えて言うなら「相手のことを、自分のことのように感じる」ということではないだろうか。

どこかをぶつけたりした時、自分の「痛み」を感じることはできる。「苦しい」とか「悲しい」とか「辛い」という自分の気持ちも感じることができる。「愛する」とは、自分が身体で感じること、心で感じること、それを相手に置き換えて、同じように痛みや気持ちを感じるということではないだろうか。

「あなたは、もう一人の私です」

という言葉がある。

「入我我入（にゅうがにゅう）」という言葉もある。これは、私とあなたを入れ替えて見よ、という意味らしい。

自分と同じように、あなたを感じる。自分とあなたを入れ替えてみる。

前述のように、がんになる前の僕は自分の痛みや感情さえも押さえつけ、感じていなかった。

自分のことを〝モノ〞のように扱い、まったく愛していなかった。

自分のことすら大切にしていないのに、相手を大切にするなど、不可能だった。

自分のことすら愛していないのに、誰かを愛することなんてできなかった。

その感覚すら、わからなかった。

僕は、妻や子どもたちに意識的にも無意識的にもプレッシャーをかけ、自分のクリア基準を押しつけ、それをクリアした時のみ、〝許可〟を与えるということをしていた。

僕は、父親から「勉強しなさい」と言われていたので、同じことを言うのは嫌だった。

僕は、子どもたちに「勉強しなさい」と言ったことはない。

言われて嫌だったことは、言わないようにしていた。

しかし、他のいろいろなところで、僕は子どもたちに「強制」していた。

僕のドライバーの一つでもある「強くあれ」を、子どもたちにも無意識のうちに強制した。

父は僕に「社会は厳しいものだ。だから勉強していい学校へ行って、いい会社に入ること、それが幸せだ」と教えた。

僕はそれが嫌だった。しかし、僕も同じことをしていた。

「社会は厳しいものだ。だから強くならなければいけない。少なくとも気持ちと体力は、鍛えなければならない」

子どもたちには、小学校低学年から剣道をやらせた。体力をつけるのと同時に規律を学ばせたかった。

近所にあった剣道場の指導者は警察出身の70代の厳しい人だった。着替える時も含め私語は一切禁止。道場に入る時は挨拶することはもちろんだが、それ以降もしゃべることができない。ベラベラしゃべっていると、先生から「ダメじゃないか」と怖い顔で睨(にら)まれる。必然的に道場の中で子どもたちは異様な緊張感に包まれ、同年代の仲間たちと親しく話すこともできず、仲のよい友達を作ることもできなかった。

長男はそれでも頑張って5年生の時にキャプテンを務めたが、6年生になってから道場に行く前に腹痛を起こすようになり、そこで初めて、僕は彼が強烈なストレスを感じながら道場に行っていたのだということに気づいた。きっと彼にとっての道場は「強制収容所」のようなものだったのだろう。我慢強い彼は、身体にサインが出るまで頑張ってしまった。やっとそれに気づいた僕は、剣道をやめさせた。

しかし、僕の「強さ」に対する執着は、簡単には消えなかった。

今度は、僕が行っていたボクシングジムに子どもたちを連れていって、ボクシングをやらせた。

剣道の道場と違って、ボクシングは自分のペースで練習することができるのでいいと思ったのだ。

子どもたちは、サンドバッグやミットを楽しそうに打っていた。しかし、ヘッドギアをつけた実践練習になると、訳が違う。

軽いパンチとはいえ、実際に殴り合うのは恐怖がある。それが向いている子、やりたい子はやればいいのだが、そうではなく性格的に向いていない子も、たくさんいる。

僕の子どもたちは、明らかに向いていなかった。

にもかかわらず、僕は無理やり彼らをボクシングジムに連れていき、ボクシングをやらせた。

少々痛い思いをした方が、大人になった時に打たれ強くなる……いざとなった時、その経験で耐えられ、反撃の力がつく、みたいに考えて。

これは、愛ではない。自分の枠組みを、子どもたちに押しつけていただけだった。

条件付きの承認は、愛ではない。

この条件をクリアしたら認めてやろう、という条件付きの承認なのだ。子どもたちはその条件をクリアしなければ、認めてもらうことができない。僕の場合、その条件がさらに異様に高かった。

前述したドライバー「完璧であれ」「強くあれ」「一生懸命、努力せよ」は、条件付きの承認だ。

妻や子どもたちに対してもそうだったし、何より、自分自身に対してそれを行っていた。僕は自分の中に持っていた「不安」や「恐れ」を子どもたちや妻に投影し、それを目の前に「苦しみ」として創り出していたのだった。


愛には、条件がない。

無条件の承認、何かをしたとか、結果を出したとかという条件がなく、存在そのもの、生きているだけ、それでいい。

がんになる前の僕は、妻も子どもたちも、そして何より自分自身を、愛していなかった。

きっと妻や子どもたちは、僕と一緒にいて苦しかったと思う。

がんから生還した後、長男が言った。

「がんになる前、父さんは熱い鉄みたいな人だった」

そうなのだ。熱くて近づけない。近づくと火傷する。だから距離を置く。本音を言わない。いや、言えない。弱音とかネガティブなことは、口が裂けても言えない。聞き入れてもらえない。

自分の本音を言えない、という壁は子どもの頃の僕と同じだった。彼らもありのままの自分を認めてもらえなくて、苦しんでいたのだ。苦しめてしまったのは、そう、僕なのだ。

本当に申し訳なく思う。すまなかった。ごめんなさい。

いまの僕は極力ハードルを外している。妻や子どもたちの、そのままを受け入れるようにしている。がんになる前の僕ならあれこれ指摘したり、やらせようとしていたことが、ほとんどなくなった。つまり、何も言わない、ただ見守る、ということだ。

僕の人生の主人公が僕であるのと同じで、彼らの人生の主人公も彼ら自身なのだ。いいこともそうでないことも含めて、すべて彼らが主人公として体験していくのだ。人生は体験という学びだ。それを第三者が横からあれこれ言うのはお門違いというものだ。

僕は彼らを、そして彼らの人生を信頼している。

僕も、妻も、子どもたちも、生きてるだけ、それだけでいい。本当に、それだけでいい。

僕はそれを、がんという体験から学んだ。

賢者の言葉

人はその人がすること、しないことによって生まれる愛ではなく、その人がただその人であるということだけによって生まれる愛を望んでいる。

エリザベス・キューブラー・ロス／デーヴィッド・ケスラー

愛するとは、自分とはまったく正反対に生きている者をその状態のままに喜ぶことだ。

自分とは逆の感性を持っている人をも、その感性のままに、喜ぶことだ。

愛を使って二人の違いを埋めたり、どちらかを引っ込めさせるのではなく、両者の違いのままに喜ぶのが、愛することなのだ。

フリードリヒ・ニーチェ

もっとやりたいことをやればよかった

私はずいぶん長く人間をやってきた。

いままでに心配のタネはつきなかったが、そのほとんどが現実には起こらなかった。

ウエイン・W・ダイアー

やらなかった後悔

がんになる前、僕はやりたいことをやってきたと思っていた。

何度も転職をし、仕事の種類は両手では数えきれない。

自信という漢字は「自分を信じる」と書く。がんになる前、僕は自分を信じていた。僕は自分ができる人間、やれる人間だと思っていた。しかしそれは「違う」ということが、いまはわかる。

がんになる前の僕を振り返ってみると、自分がクリアできると思った領域までしかチャレンジしていなかった。

本当のチャレンジとは、クリアできるかできないかわからないけれども挑戦する、という行為だと思う。

成功するか失敗するかわからない、でもやりたい、だからこそやりたい、自分を試したい……これが本当の意味でのチャレンジだろう。

僕は失敗するのが怖かった。僕は自分がクリアできそうなことしかやらなかった。この自信は、自分が想定する安全領域の中の自信だった。

30歳になる前、プロボクサーのライセンス取得を真剣に考えたことがある。

当時（1991年頃）のボクシングジムは、ちょうど辰吉丈一郎が世界タイトルを獲った頃で、プロか、プロ希望者か、プロになりたくてもなれない人しかいなかった。いまのように健康のため、興味があるから、といういわゆる普通の人は皆無だった。記念にライセンスを取得するなんて人は一人もいなかったし、ジム内はいつも張り詰めた雰囲気で、そんなことを言える雰囲気なんかゼロだった。

僕は長年剣道をやっていたこともあり、間合いや駆け引きといった部分はボクシングを始めた時からある程度できた。

実際、ジムに行ってみると、プロ希望者やまだ経験の少ないプロ選手相手に何とか互角に戦うことができた。

当時のジムの会長は僕を見て、「すぐにプロになれ」「ライセンスはすぐ取れる」「技術的な実力は6回戦くらいある」と太鼓判を押してくれた。

「はい、いずれ……」と言葉を濁していたものの、まんざらでもない気分だった。

できるかも、やってみたい、チャレンジしてみたい……熱い思いが湧いてきた。でも……。

僕が通っていたジムでは、プロライセンスを取得すると、しばらくしてから試合が組まれることが多かった。もちろんライセンスは試合をするためのものなので、当然の流れだった。

「取れるのに、なんで取らねえんだ！」

ライセンス取得を渋っていた僕は、当時のジムの会長にビンタされたこともある。そういう時代だった。

しかし仮に自分が試合に出る場合、当然ながら毎日10キロ以上走り込みをして、もっとスタミナをつけなければならない。練習も、毎日行かなければならない。当時の僕の仕事は営業だったので、接待も時々あり、お酒を飲む機会もよくあった。当然ながら、脳に衝撃を与えるボクシングにアルコールはよくない。

試合が決まれば、相手は当然、毎日走り込みをし、毎日練習をしてくる。アルコールだって飲まないだろう。少々ボクシングの技術があっても、それだけでは勝つことはできない。そんなに甘いものではない。最後は気持ちと体力が勝負を分ける。それらをすべてクリアして、そのうえでライトに照らされ、多くの人の前で殴り合う、死ぬかもしれないリングに……立てるか？

僕は、それができるか？

勝てないかもしれない、でもそれに挑戦してみよう、とは思えなかった。覚悟を、決められなかった。

僕は、負けるのが怖かった。

「負け」という結果が、それまで僕が地道に積み上げてきた「自信」を、粉々に吹き飛ばしてしまいそうで、一歩踏み出す決断ができなかった。

そして、あれこれ迷っているうちに、ライセンス取得期限の年齢を過ぎてしまった。結果的に僕は、挑戦して敗北を喫(きっ)するより、挑戦しない方を選んだことになった。

試合をする、しない以前に、目の前にあるプロテストにチャレンジできなかった。ライセンスを取ってもいないのに、その先のことを恐れ、立ちすくんでしまった。試合をするしないは、ライセンスを取った後で決めればよかったのに。試合を組むと言われても、強く断ればよかったのだから。もしかすると、試合だって勢いでできたかもしれない。結果はともあれ。

「やった後悔より、やらなかった後悔」という言葉がある。やらなかった後悔は、いつまでも心に残る。この後悔は僕の心にずっと残っている。

死の直前に「やらなかった後悔」をするのは、苦しい。

教えていた選手たちの多くは、「負け」にこだわっていなかった。

「強いやつと、やりたい」

「自分の実力を、試したい」

「負けてもいいから、全力でぶつかりたい」

彼らは、そう言っていた。

本当の自信とは、「ありのままの自分を、信頼すること」だ。

勝敗などの結果は、関係ない。結果に自信は、左右されない。

「やれる自分を、信頼する」。そして、「やる」。

僕が教えていた選手で、とても才能のある子がいた。

彼は全勝で全日本新人王を獲り、日本ランキングに入った。それから数試合したあと、後に世界王者になり、10度以上防衛し複数団体を統一して2階級制覇する選手と対戦し、初黒星を喫した。

彼はその試合で拳の骨折や眼の怪我をしたり、さらに打たれたダメージもあり、次に会ったのは試合の数週間後だった。

僕は、当然落ち込んでいた。勝たせられなかった自分を責めると同時に、初黒星を喫した彼をどう励ましたらいいのか、よくわからなかった。きっと、相当落ち込んでいるだろう。

ジムの近くのスターバックスで久々に会った彼は、弾けるような笑顔で言った。

「全然平気っすよ！」

「自分に何が足りないか、わかったんです！」

驚いたことに、彼はまったく落ち込んでいなかった。

結果が「負け」だったとしても、その結果は「自分」には何ら影響を与えない。逆に経験を積んだことが、「自分を信頼すること」につながる。

その後、彼は網膜剥離になった。しかし再起した。彼を見ていて本当の意味の「強さ」を感じた。彼は後にランキング1位まで上り詰め、日本タイトルに挑戦した（結果は判定負け）。

そして数戦後、今度は眼の水晶体を動かす筋肉が切れ、引退を余儀なくされた。

しかし、彼は全然へこたれなかった。彼と話した時、自分ができることはすべてやりきった、という清々しさを感じた。

いまは第二の人生で、生き生きと活躍している。

「信じる」は、その裏側に「疑い」がある。

大丈夫だろうか、できるんだろうか、うまくいくんだろうか、いやでも、信じよう、信じるしかない。中途半端にフラフラとあっちに行ったり、こっちに行ったり……頭の中の妄想に囚われて、多くの年月を無駄にしてしまう。

これが「信じる」の正体だ。

では「信頼する」の正体は何か。

そこには、「疑い」がない。フラフラしない。ビシッと止まっている。

僕は自分を「信じて」はいたが、「信頼」してはいなかった。

「或是或非人不識。逆行順行天莫測」（永嘉大師／証道歌）

という言葉がある。

「これはよし、これはダメ、そんなことを判断しているのは人間だけで、本当は何が是で何が非かわからない。うまくいく？　うまくいかない？　そんなことは天は測ってなんていないのだよ」

という意味だ。

同じ永嘉大師の言葉に、「住相布施生天福。猶如仰箭射虚空」という言葉もある。

これは「この世界での功利的行為や成果は、向こう側に持っていけない。天に向けて矢を放つようなもので、意味はない」という意味だ。

そう、いずれ「死」がすべてを持ち去ってしまうのだ。だからあれこれ考えても、迷っても、仕方がないのだ。何が正しいか、何が悪いのか、そんなことは考えてもわからない。だから考えない。考えても無駄だ。やりたいことを〝ただ〟やればいいのだ。

いまの僕は、あれこれ作為的に考えて行動することを手放している。では、どうしているか？

それは、自然に目の前にやってくることを精一杯やる、ということだ。

僕が自分に課しているのは「すべてに意識の光を当てること」だ。丁寧に、隅から隅まで意識の光を当てて、行為をすること。いい加減にやらない、適当に流さない、ということ。継続するのはなかなか難しく、反省することもしょっちゅうあるが、気づきも多い。

そして行動すれば、その結果がまた自然にやってくる。そしてその結果を判断せずに受け入れ、また目の前にやってきたことをやる。その繰り返しだ。

目の前にやってくる結果が改善点を教えてくれる。それを繰り返していると、気づけばできなかったことができるようになったり、理解できなかったことが理解できるようになっている自分に気づく。これが成長ということなんだろう。

ジタバタと作為しない。耳を澄ませて自分の心の声を聴き〝ただ〟やる。目の前の出来事を判断しないで受け入れ、できることを丁寧に〝やって〟いく。できれば喜びを持って。

度々登場するが、禅のマスター道元禅師の言葉に「尽十方界光明」というものがある。すべての行為、意識に光を当てること。凡人の僕にはかなり難しいが、方向性は意識できる。

賢者の言葉

人生すべて、実験である。
実験の数は、多ければ多いほどよい。
失敗したら、もう一度起き上がればよい。

ラルフ・ウォルドー・エマソン

人生は一つの劇であり、ゲームなのだ。美しく演じなさい。
あなたが勝者になるか、敗者になるかなどは、問題ではない。
死がすべてを持ち去ってしまう。
たった一つ重要なことは、そして、それはいつもそうであった
ことだが、あなたがそのゲームをいかに演じたかということだ。
あなたは楽しんだかね？　ゲームそのものを。そのとき、すべ
ての瞬間が喜びの瞬間になる。

OSHO

もっと早く助けてと言えばよかった

あなた自身をおいて他に、あなたに平和をもたらすものはない。

ラルフ・ウォルドー・エマソン

大丈夫、大丈夫

僕は、「助けて」と言えない人だった。

がんが全身に広がっていく中でも、弱音は一度も吐かなかった。

がんの告知を受けた3カ月後、声が完全に嗄(か)れ、スーパーハスキーボイスになってしまった。

これは首の左側のリンパが腫れあがり、声帯を押しつぶしたことによる「反回神経麻痺(はんかいしんけいまひ)」という症状だった。

妻は心配し「大丈夫？」と聞いてきたが、僕は嗄れた声で「大丈夫」と答えた。

２０１６年の年末に差し掛かると、しゃべると喉がつかえ、痰が絡み、吐き出すと痰は血で染まっていた。

年が明け、正月になった。

１月２日、家族で実家に戻った。

体重は、３カ月で５キロ以上減っていた。

たった数カ月で痩せこけてしまった僕を見た母が言った。

「大丈夫？」

「大丈夫だよ。こんなに元気だから。必ずよくなるから」

２月になるとがんの骨転移が進み、左足の尾骨と股関節が痛み始め、立っても痛い、座っても痛いという状態になった。妻には言わなかった。

フラフラ歩く僕を見て、妻が言った。

「大丈夫？」

「大丈夫」

3月、肺がんが進行し、血痰は痰に血が混じるというレベルではなく、血の塊を吐き出すようになっていた。

心配して集まってくれたボクシングの教え子たちと話をしている時、咳が止まらなくなり、自分が持っていたポケットティッシュでは足りなくなった。

「これ、使ってください」

教え子からもらったポケットティッシュもすぐになくなり、気づくと目の前には血で真っ赤に染まったティッシュの山ができていた。

彼らはそれを見て何も言わなかった。言えなかったのかもしれない。

僕は言った。

「大丈夫、絶対治るから」

肺の中に何か大きな重い塊が成長し、横になるとその塊の重さを感じるようになってきた。

この重い固まりを身体から取り出したい、取り除きたい、そう思ってもそれはできなかった。

これも、妻には言わなかった。

歩くのが辛くなり、階段を上る時には自然とエスカレーターを探すようになった。

通っていた整体の先生が言った。

「ここ2階だよね。遠慮なくエレベーター使っていいんだよ」

「大丈夫です」

漢方のクリニックは銀座にあった。

丸ノ内線の銀座駅から地上に上がる階段を下から見上げ、「これを上るのか……」と絶望的な気分になった。

階段を上る時も、休憩をしないと上りきることができなくなった。

階段を上り終わった後も、数分間呼吸を整えないと、動くことができなくなった。

医師は言った。

「大丈夫ですか？」

「大丈夫です」

ある日寝ている時、大きく咳をした。

その瞬間、右側の肋骨がバキッと音を立て、激痛が走り、しばらく立ち上がることができなくなった。いつもより遅く起きてきた僕に妻が言った。

「どうしたの？　大丈夫？」

「大丈夫、ちょっと咳が出ただけ」


同じ頃、自分の名前が書けなくなった。

宅配便の人が頼んでいたサプリを運んできた時だった。

「ここにサインお願いします」

「はい。わかりました」

僕はいつも通り、自分の名前をサインしようとした。

しかし次の瞬間、手が止まってしまった。

自分の名前の漢字が、思い出せなかった。

根という字の木の右側が、思い出せなかった。

なんてことだ、自分の名前が思い出せない。

そのうちに、ひらがなもわからなくなった。

「き」という字の下の膨らむ方向がわからなくなった。どちらに膨らんでも正解のような気がした。

「く」という字も、どちらに曲がるのか区別がつかなくなった。

僕は字を書くことが怖くなった。自分が字を思い出せなくなっているという事実に、直面したくなかったからだ。

しかし、それを妻に言うことはなかった。


同じ頃、朝目を覚ましたら、右目の視界に黒っぽい幕がかかっていた。

右目が、半分見えなかった。

ネットで調べると視野欠損、緑内障の症状だった。

なんだ、緑内障か。

しかし、ネットのページの最後にこう書いてあった。

「脳腫瘍でも同じ症状が起きる可能性があります。至急病院に行ってください」

僕は、それを無視した。

もちろんこれも、妻に言わなかった。

ポジティブとネガティブの振り子

僕は弱音を吐かなかったのではなく、吐けなかったのだ。

理由はいくつか考えられる。

一つ目はそれを口にすることで、その現実が「真実」であることに直面してしまうからだった。

僕は頭の中で、現実をいつも「違う、これは違う」と否定していた。

どんなに身体の調子が悪くなっても、股関節が痛くても、声が出なくても、字が思い出せなくても、階段を上がれなくなっても、自分はよくなっているに違いない、自分は治る方向に進んでいる、という想いを失いたくなかった。

身体の調子が悪いことを認めてしまうと、つま先で立っているギリギリの断崖絶壁から落ちてしまいそうで、口にすることができなかった。現実を認める勇気がなかった。

僕の身体はがんが進行している、というサインを出していたにもかかわらず、一方的に、自分の身体がよくなっていると、思い込もうとしていた。

僕は努めて、ポジティブシンキングを心がけていた。

ポジティブシンキングとは、物事のよい側面に光を当て、思考の方向性を変えること。

身体がどんなサインを送ってきても、「これは治っている証拠だ」「これは好転反応に違いない」――そう無理やり自分に言い聞かせ、身体の声を聞かなかった。

ポジティブシンキングは日常の生活ではとても役に立つツールだが、「命がけ」の状態になると現状を見誤る可能性がある。

シンキングと書いてあるように、これは考え方、思考の方向性、ものの見方だ。ポジティブに意識を持っていこう、ポジティブに気持ちをフォーカスしようと集中する。

しかし、ポジティブの反対にはネガティブがある。

ポジティブとネガティブは、振り子のような思考の両端だ。

意識を無理やりポジティブに持っていくということは、その逆の「ネガティブ」な状態になっているということの証拠だ。

「ネガティブ」の状態を無理やり「ポジティブ」に持っていくのはエネルギーを消費する。

ふと気づくと、頭の中がネガティブに占領されている自分がいた。

そして「あーまずい。ポジティブだ！　ポジティブ、ポジティブ！」と無理やり思考の方向性を変える。

「あの治療もしている。この治療もしている。陶板浴なんか1日2回も行っている。あのクリニックにも行っている。漢方にも行っている。毎日お風呂に入っている。野菜ジュースもミキサーで作って1日1リットルも飲んでいる。肉も食べていない。塩も摂っていない。動物性タンパク質も摂るのをやめている。あのサプリも飲んでいる。このサプリも飲んでいる……」

自分がやっていることを一つ一つ数え上げ、「だから僕は治るに違いない。いや絶対に治る」と自分に言い聞かせ、無理やりポジティブに意識を持っていく日々。

その不安を内心感じているがゆえに、それを他者に告白してしまうと自分が崩れそうで、言えなかった。

ポジティブとネガティブの振り子を経験した者として言えることは、本当に大切なものは「客観視」だということだ。

ネガティブな意識に頭の中を占領されるのでもなく、無理やりポジティブに意識を持っていくのでもなく、心に湧いてきたさまざまな思いを、山の頂上から雲が流れていくのを見下ろすかのように、眺める。

衆罪は草露の如く、慧日よく、消除す

——『観普賢経』

（刀根私訳）

頭の中に浮かんでくるさまざまな雑念やネガティブなエネルギーは、草の露のようなものです。

気づきという日の光によって、消えて除かれるでしょう。


ポジティブもネガティブも、浮かんでは消えていく露のようなものだ。

その露に、囚われない。

そうすると、不思議と心の平安がやってくる。


もう1つ、「この人、死ぬな」みたいに思われたくなかった、というものもある。

僕の知り合いで、がんになった人がいる。

その人が、自分ががんであることを公表したら、友人から会いたいと連絡が入った。

会ってみると、「元気なうちに、会いたかった」と言われた。

じゃあ何？　私は死ぬってこと？

死ぬ前に、会っておきたかったってこと？

あの人最後に会った時、こんな感じだったよ、と周りの人にアピールしたいの？

「かわいそうに、あの人、もうすぐがんで死んじゃうらしいよ」

別れた後、周囲にそう言っている友人の姿が、思い浮かんだ。

彼女はがんが落ち着いて、いまは元気に過ごしているが、その友人とはその後関係が壊れたそうだ。僕から見るとそれは友人ではなく、噂話が好きな単なる知り合いにすぎない。

余計なことを余計な人に、あれこれ言われたくない。

他人の噂話のネタになるなんて、まっぴらごめんだ。

だったら、知らせない方がいい。

心配をかけたくないから言わないのではなく、面倒くさいから言わない。

親しくもない興味本位の人に、いちいち自分の病気や病状を説明したくない。

僕はこんなに大変なんだよ、死にそうなんだよ、だからかわいそうって思って！ なんて口が裂けても言いたくなかったし、思ってほしくなかった。

自分に、集中したい。

放っておいてほしい。そう思って話さなかった。

治してから話せばいい。そう思っていた。


そして前述の通り、２０１７年6月に「来週呼吸が止まるかもしれません」という状態になった。

その日の晩、僕はＳＮＳに初めて自分ががんになったこと、しかもそれがステージ４であること、脳転移したがんが大きいので、その治療のため入院することを書き込んだ。

これが、その時書いた文章だ（原文ママ）。


「皆様にご報告があります。

昨年9月1日に肺がんが見つかり、しかもそれがいきなりステージ4でした。

当時の最新の薬は効かず、従来の抗がん剤しか方法がないと言われたのでそれを断り、食事を中心とした代替治療をやってきました。

自分的にはまあまあ体調はよいかと感じてたのですが、最近ちょっと息苦しかったりしたこともあり、先月久々にCTを撮ってみたら脳に腫瘍が見つかりました。

肺がんも進行していたようですが、ドクターからは肺よりも待ったなしの状態で、すぐに放射線治療をするべきとのことでした。

おそらく来週中には入院治療に入ると思います。病院は東大病院です。

フェイスブックでは治ってから完治の報告を皆様にしようと思っていたのですが、ちょっと先になりそうなので、とりあえず中間報告という形にしました。

いきなりのことで皆様にはご心配をかけると思いますが、僕としてはここからが本領発揮のいい機会になるのではないかと思っています。ここからの逆転V字復活をご期待ください。

ただし、僕はがんとは戦いません。がんも自分の身体の一部ですからね。役目を終えて静かに消えていってもらえばいいと思っています」

驚いたことに、すぐにコメントが入り始めた。コメントの数は百を超えていた。

こんなにもたくさんの人が心配してくれているということを、僕は想像すらしていなかった。コメント一つ一つに、感謝が込み上げてきた。

ありがとう。ありがとう。みんな、ありがとう。読みながら手を合わせた。

僕はすべてを一人で背負い、一人で戦っているつもりだった。

治すんだ。自分の力で治すんだ。

誰の手も借りない。同情なんていらない。余計な手出しはしないでくれ！

治ってから報告するから、放っておいてくれ！

僕は、入ってくるコメントを読みながら思った。

もっと早く『助けて』と言えばよかったんだ。もっと早く『苦しい』って言えばよかったんだ。

それを押しとどめていたもの、それは、僕の小さなプライドだった。

プライド？　そんなプライドなんてクソだ。

いまさらカッコつけて、何になるっていうんだ。

プライドなんて、捨てよう。

もっと、素直になろう。

がんのステージ4だと告白したことで、僕はまるで大きな重い荷物を下ろしたように、身体も心も軽くなった。

助けてもらうことを、自分に許す

これは僕の体験ではないけれど、紹介したい。

僕のボクシングの教え子の中に、征矢貴（そやたかき）選手という総合格闘技の選手がいる。

彼は高校生の頃から、僕のジムにパンチの技術を学ぶために来ていた。

とても才能のある子で、ボクサーとしても十分上に上がっていく力があった。僕は彼にボクシングの技術をいろいろ教えた。

２０１７年10月、僕が１カ月間のがん治療を終え、久しぶりに後楽園ホールに行った時、彼とばったり会った。彼は言った。

「すいません。入院したことは知っていたのですが……お見舞いに行けなくて……」

「いいんだよ、みんなそれぞれ忙しいからね。いまはこうして話せるしさ。で、征矢の方は最近どう？」

「はい、実は結婚しまして……」

「おお、そうか。それはおめでとう！　よかったね」

「ありがとうございます……」

征矢選手の表情は、なぜか沈んでいた。

「なんか、あったの？」

「実は嫁が……白血病になりまして」

「えっ？」

「はい、以前もなってたんですけど。一度寛解したんですが、再発しまして」

「そうなんだ……」

『寛解』という言葉を普通に使っているということは、相当な闘病の経験があるということだ、と僕は思った。

「それで、バタバタしてまして」

「いやいや、それじゃしょうがないって。でも大丈夫だよ、僕も肺がんステージ4から生還することができたんだから。きっと奥さんも復活できる。大丈夫だって」

「はい、俺もそう思ってます」

「なんか、できることある？」

「いえ、いまのところは大丈夫です」

「じゃあ、落ち着いたらメシでも食べに行こうよ」

「はい！　ぜひ食べに行きたいです」

「そうだね」

「落ち着いたら連絡入れます」

「おう、待ってるよ」

大変なのは僕だけじゃなかった。なんか僕が役に立つことはないだろうか。ステージ4から生還した僕だからこそ、役に立てることが。

それからしばらく経った10月下旬に、僕は白血病治療の新聞記事を見つけたので、コメントと共に彼に写メを送った。

「こんにちは。新聞記事を見つけたよ。参考までに読んでみてね。今度ご飯でも食べに行こう」

彼からすぐに、返信があった。

「こんにちは。実は先週月曜日に嫁が息を引き取りました。いまはいろいろバタバタしているので、落ち着いたらご飯行きましょう。医学がもっと進歩して、一人でも多くの人に元気になってほしいものですね」

僕は、言葉を失った。

この短い文章の中に、どれだけの悲しみ、苦しみが込められているのか……。

僕も半年前まではその当事者だっただけに、彼の悲しみと苦しみは察して余りあるものだった。しばらく考えた後、僕はメールを返した。

「そっか……。それは大変だったね。当事者じゃないとわからないことが、たくさんあるからね」

すぐに返事が返ってきた。

「彼女は1年以上辛い治療を頑張ったので、いまは褒めてあげたいです。落ち着いたらまた連絡させてもらいます」

そして年が明け、僕は征矢選手と会った。

久々に会った彼は、あれだけ筋肉のみっしりついていた身体がひと回り小さくなってしまったように感じた。喫茶店に入ってから、僕は聞いてみた。

「大変だったね」

「ええ、まあ」

征矢選手はあまり表情を変えずに言った。彼はやっぱり戦士だった。ボクサーもそうだが、戦士という人種の人たちは感情をあまりあらわにしない。特にネガティブなものについて。そういえば、僕もがんの時はネガティブを一切口にしなかった。僕は言った。

「ちゃんと泣いた？」

「はい、泣きました。この前までずっと引きこもってましたし」

「そうなんだ。悲しい時は、ちゃんと悲しむってことが大事だからね」

「そうですね」

僕は小さくなった征矢選手に聞いた。

「体重、減った？」

「はい。実は俺、クローン病になってしまったんです」

「クローン病？」

「はい、自己免疫疾患の病気なんです。俺の場合は、自分の免疫が腸の内部を攻撃して炎症が起こるので、ご飯が食べられなくなってしまうんです」

「全然、食べられないの？」

「ええ、調子がいい時は食べられるんですが、下痢をしたり腹痛になってしまうことが多いんです」

「そうなんだ。それは辛いね」

「ええ、まあ」

「思うんだけど、征矢は今回のことで自分のことを責めてるんじゃないの？　奥さんを助けられなかった自分をさ」

「……そうかも、しれません」

僕には、彼が身体じゅう大やけどを負っているように見えた。大好きな人、大切な人を救えなかった罪悪感と無力感。大好きな人から永遠に引き離された孤独感。大好きな人が、この世界にはもういない、という絶望的な悲しみ。

彼自身の消火しきれていない感情の炎が、ジワジワと彼自身の身体を焼いてしまっているように感じた。

「征矢がクローン病だってこと、みんな知ってるの？」

彼は総合格闘技の選手で、知名度のある選手だった。

「いえ、公表していないです」

「どうして？」

「治してから公表しようと思ってます」

「それは……」

それは昔の僕と同じだった。

僕が肺がんステージ4を公表せず「治してから報告しよう」と思っていたのと、まったく同じ思考回路だった。

「……実は僕も肺がんのステージ4を宣告されたけど、すぐには公表してなかったんだ」

「そうなんですか？」

「ああ、完全に治してから公表するつもりだった。なんだか公表する気になれなくてね。でも、緊急入院が決まってそんなことも言ってられなくなったんだ。あの時はもう死にそうだったからね。それでフェイスブックで公表したんだよ」

「あ、自分も読みました」

「ありがとう。それでね、公表して感じたんだけど、すごく楽になったんだよ。とてもすっきりした。なんだか肩の荷を下ろした感じ。身体が軽くなったんだ。公表しないっていうのはさ、ちっぽけな考えだと思うんだ」

「ちっぽけ、ですか？」

「そう、ちっぽけなエゴというか、プライド。そんなもん意味ないよ、捨てちゃいな」

「……そうですね。わかりました、公表してみます。もうこの際、プライドとか関係ないですからね」

「そう、捨てることで得るものが必ずあるから。僕なんかそうだった。自分で思っている以上に、みんなが助けてくれるんだよ。一人で背負っていく必要なんてない。大変な時は、援助を受け入れる、『助けてもらうことを、自分に許す』ってことも、大事だと思うんだ」

「助けてもらうことを、自分に許す……ですか」

「そう、それを自分に許してあげるんだよ。僕なんかそれで展開がガラッと変わったんだから」

「はい。わかりました」

「また来月くらいに会おうよ」

「はい、会いましょう」

その日の夜、彼はさっそく言った通りにＳＮＳで病気のことを公表した。そして、僕に連絡をくれた。

「ありがとうございます。言われた通りに病気を公表したら、本当に足が軽くなりました。不思議です」

「抱え込んでいたものが解放されたんだよ。よかったね。これでよい方向に行くと思うよ」

「はい、そうですね」

自分の本当の感情、本音を感じること。そしてそれがネガティブなもので、自分を苦しめてしまうようなものだった場合、それをしっかりと感じ、抱きしめた後、自分の外に出してあげること。

その後、彼は難病と言われているクローン病を克服し、日本の総合格闘技の頂点とも言えるRIZINに出場した。プロスポーツ選手でクローン病を克服し、復帰した選手はほとんどいないそうだ。その時僕は、出張の電車の中でスマホを握りしめ、応援に行っている知人からの結果報告をドキドキしながら待っていた。

喫茶店でうつむいていた彼の姿、一緒に陶板浴に行った時の小さくなった身体が、走馬灯のように脳裏に走った。

「征矢君、勝ちました。1ラウンドでKO勝ちです！」

僕はそれを見て、泣いた。

1度再発したこともあったが、またしても彼はそれを克服し、いまもRIZINで活躍している。

ご興味がある方は、ぜひネットで征矢君を検索してみてほしい。彼はクローン病を克服した希有（けう）なプロスポーツ選手として、同じ病気の人たちの希望になっている。

賢者の言葉

自分の中にネガティブな状態があると気づいても、それは失敗ではない。それどころか、成功である。

エックハルト・トール

あなたは新しいものを人生に持ち込むことはできない。新しいものはやってくるのだ。あなたは受け入れるか、拒絶するかのどちらかしかできない。
もしあなたがそれを拒絶すれば、あなたは石のままだ。閉じて、死んでいる。
もしあなたがそれを受け入れれば、あなたは花となって、開き始める。その始まりはお祝いだ。

ＯＳＨＯ

もっと早く降参すればよかった

苦悩を突き抜けて歓喜にいたれ。

ベートーヴェン

戦って、走って、「僕」は死んだ

数カ月前、僕の問いに医師は言った。

「お薬が効く可能性は、おおよそ4割です」

「もし仮にお薬が効いたとしても、いずれがんが耐性を持ち、抗がん剤が効かなくなります。となると、次のお薬に変えていきます。その薬も効く確率は4割です。そうやってお薬を変えて、延命していくしかありません」

「治りません」

医師は、きっぱりと言った。

抗がん剤で治らないのなら、他の方法で治すしかない。

もう病院は、頼らない。

よし、やってやろうじゃないか、治してやる。

治らないと言った医師に「治りましたよ」と言ってやる。

僕は標準治療を断り、代替医療で治すことを決めた。

そして僕は、できることをすべてやった。

ありとあらゆること、考えられること、持っているお金の範囲でやれること、すべてやってやって、やり尽くした。

「絶対に、自分で治してやる」

塩抜き、タンパク質抜きの野菜食、毎日1リットルの野菜ジュースを絞って飲む、毎日入浴、1日2回の陶板浴通い、高額なサプリ、漢方、ヒーリング、散歩に日光浴、深呼吸、イメージワーク、言霊をつぶやく、マッサージ、おまじない、奇門遁甲（きもんとんこう）、気分をよくするためにお笑い番組を観る、波動が上がると言われているグッズを身につける、ありとあらゆることをやってやって、やり尽くした。

これでもか！というほど頑張った。これまでの人生で一番頑張った。

しかし、約7カ月後、目が見えなくなったり字が書けなくなったりした僕は、妻と一緒に東大病院の診察室にいた。

医師は言った。

「肺がんは、かなり進んでいます」

左胸にあった原発のがんは、画像上でもわかるぐらい巨大な塊になっていた。

「そうですね。大きさだけだと3センチ×4センチくらいの大きさになっています。同じくらいの大きさのものが他にも複数見受けられます」

あの胸の中の異物感は、やはりがんだった。

「右の肺にも、数えきれない小さな転移が多く見られます。多発肺転移という状態です」

右胸も、満天の星のように数えきれない白い粒々が発生していた。

「左の肺の内部のリンパも大きくなっています。それが首の左側まで転移しています」

確かに首の左側は、自分で触ってもわかるほど固くふくらんでいた。

「それから、肝臓にも転移しています」

「肝臓……」

「はい、でも、これらはまだ、いますぐ命がどうこうのレベルではありません。が……」

「が……？」

「問題は脳です。あ〜っと、ここです」

医師は脳のCT画像をペンでさした。

「この薄く色の付いているところに浮腫（ふしゅ）があります。左の脳です。場所は左目の奥といったところでしょうか」

「浮腫？」

「ああ、すいません。腫れているということです。これだけ大きく腫れていると、相当大きい腫瘍が考えられます。浮腫が5センチ以上ありますから、少なくとも3センチくらいの腫瘍が考えられますし、もっと詳細に調べてみると、他にも脳転移があるかもしれません」

「……」

僕は、言葉を失った。

「脳は危険なところです。これだけの大きさだと、いますぐに入院しないと危険です。急に手や足が動かなくなったり、最悪、来週にでも呼吸が止まることも可能性としては、あります」

呼吸が、止まる？

「……」

「医者が100人いるとすれば、100人がすぐに入院を勧めるレベルです。入院を真剣に考えてください」

僕たち二人は血液検査のためいったん席を外し、結果が出る30分後までにどうするか決めることになった。

僕は診察室を出ると、待合室の天井を見上げた。言葉が出なかった。

横に座った妻は、何も言わなかった。

二人の間に、無言の時間が過ぎた。

「これは、入院しなきゃだよな」

ぽつり、と僕はつぶやいた。

「うん、そうだね」

妻も、小さな声で答えた。

二人とも、言葉に詰まった。

もう……おしまい。

ふ～っ。

僕は頑張った。やれることは全部やった。あれもこれも、これもあれも、全部やった。

やってやって、やり尽くした。これでもかってくらい頑張った。いままで人生でこんなに頑張ったことはなかった。まさに、命がけでやってやって、やり尽くした。

それでも、ダメだった。

まさに、完敗。

完璧な、完膚なきまでのＫＯ負け。

これでもう、僕にやれることはなくなった。できることはなくなった。ゼロだ。ナッシング。

もう、何もできることはない、何も考えられない。

完全に、白旗です……。

降参です……。

ふぅ〜っ。

その時、突然、僕は爽快感に包まれた。それは絶望ではなく、解放だった。

なんだ？　これ？

圧力釜の中のような窮屈で暑苦しい高密度空間から、一気に何もない軽やかな空間に解き放たれた。目の前が急に明るくなり、呼吸が爽やかになった。

もう、やめだ……。

もう、抵抗するのはやめよう。

できることは何もないんだから、すべてをゆだねよう。

もう、お任せしよう。

お任せするしか、ないじゃんか。

僕に残された選択は、すべてを手放すことだけだった。

ふにゃふにゃと、身体がまるでクラゲになったように力が抜けた。


「大丈夫？」

妻が心配そうに聞いた。

「うん、大丈夫」

とても清々しかった。僕はいままでいた圧力釜の中からまったく違う世界に解き放たれた。

僕はしがみついていた。自分のやり方、自分の気持ち、自分の恐怖、自分の人生。

自分、自分、自分、自分……自分自分自分自分自分自分……自分に、しがみついていた。

「やれることがない」「もう、お手上げ」という状態になって、その〝自分〟が粉々に破壊された。

僕はもう、何もしません。
もう何も、考えません。
もう、じたばたしません。
あとは煮るなり焼くなり、お任せします。
僕を好きなように、どこにでも連れていってください。
僕は笑って、すべてを受け入れます。

帰宅した後、診察結果を聞いた長男が言った。
「もう、楽しむしかないよ、父さん」

「楽しむ」か……。
そう言えば、全然楽しんでいなかったな……。
苦しかった……本当に苦しかった……。

そうだ。もう、楽しむしかない。

人生が僕をどこへ連れていくのかわからないけど、楽しむことはできる。仮にあと少ししか生きる時間がなかったとしても、残りの時間を徹底的に楽しもう。


さぁ〜、楽しむぞ〜。

ワクワクしてきた。

もう、戦わなくていいんだ。

戦わないって、なんて楽なんだろう。

僕はいったい、いままで何と戦ってきたんだろう？

僕は物心ついた時からずっと取ってきたファイティングポーズを、初めて下ろした。

がんになる前、戦って戦って、走って走って、「回し車」の中で苦しみもがいていた僕は、ここで死んだ。

降参とは、解放なのだ

禅のマスター、無住（むじゅう）禅師の言葉をご紹介したい。

死にたればこそ生きたり、生きたらんには、死なにまじ

（刀根私訳）

本当の自分を生きたければ、一度、死ぬことです。

そこで死ぬのは自我（エゴ）です。

自我（エゴ）が死ぬからこそ、その後、本当に生きることができるのです。

そのプロセスを経て初めて、本当の再誕生ができるのです。

自我の死を体験せずに、本当の自分に生まれ変わることはできません。


「僕」という、子どもの頃から自己否定感を埋めるために作り上げてきたサバイバル・プログラムは、ここで破壊された。

そこで気づいたのは、「僕」というサバイバル・プログラムが破壊されても、僕自身は「破壊」されなかったということだった。

これは「解放」だった。

ブッダは「生きることは苦しみだ」と言ったが、その苦しみを作り出していたのは僕自

身だった。自分を一番苦しめていたのは、他ならぬ僕自身だったのだ。

「本当の自由」というのは、「～からの解放」ではなく、自分を縛りつけているサバイバル・プログラムからの解放だと思う。

いまはがん以前の僕自身を思い出せないくらいだ。僕は、本当に自由になった。


禅のマスター宏智禅師の言葉も、言葉は違えど同じことを言っている。

万仞崖前手を徹いて始めて妙存を見る
十万路に身を現じて、方に円応す

（刀根私訳）

限りなく、果てしなく続く高い崖の前で完全に降参した時、初めて本当の自分とつながります。

十万回やってやってやってやり尽くして、何もできることがなくなった時、まさにすべてが回り始めるのです。


僕は「がんステージ4」という果てしなく続く断崖絶壁の前で、自分一人の力でどうにかしようと、やってやってやり尽くして、すべて跳ね返されて天を仰いで降参した。

それまで「これが私だ、僕なんだ」と信じ込んでいたサバイバル・プログラムが、この時に木っ端みじんに砕け散った。

そこから僕の人生がまったく違う展開に進んでいったことは、なんと説明し、表現していいのかわからない。

僕はがんステージ4でこれを体験したが、読者の皆さんの中に別のシチュエーションで、これと同じようなことを体験された方も多いと思う。

やれるだけのことはやって、やれることがなくなったら、あとはしがみつかずに、執着せずに、ただ降参すればよかったのだ。

降参とは、解放なのだ。

賢者の言葉

安心できない時、それが明け渡す時だ。
行きづまった時、それが明け渡す時だ。
自分はすべてに責任があると感じた時、それが明け渡す時だ。
変えられないことを変えたいと思った時、それが明け渡す時だ。
降伏する時、我々は自分の人生を否定する。
明け渡す時、我々はあるがままの人生を受け入れる。

エリザベス・キューブラー・ロス／デーヴィッド・ケスラー

幸せを勘違いしていた

なんだ、あれが僕たちが探していた青い鳥なんだ。
僕たちはずいぶん遠くまで行ったけれど、本当はいつもここにいたんだ。

メーテルリンク

僕は幸せではなかった

僕は、幸せに生きているつもりだった。
転職を何度も繰り返し、自分がやりたい仕事を見つけ、それを忙しくこなしていた。
日々充実していた。1日があっという間に過ぎ去っていった。
確かに走っていると、「やっている感」を感じることができた。
俺やってるぜ、走ってるぜ、充実してるぜ。
しかしいま振り返ると、「やっている感」は感じていたが、「幸せ」ではなかった。

やっている感と幸せは違う。

僕はいつも背中を追い立てられ、「回し車」の中で走り続けていた。

果たして、回し車の中で走っていることが、幸せなんだろうか。

これは、鼻先に人参をぶら下げられた馬にも例えられる。

鼻先に人参をぶら下げられた馬は、人参を見ながら永遠に走り続ける。

決して、人参を口にすることはできない。

僕の目の前にぶら下がっていたニンジンは、何か。

それは成果を上げることだったり、結果を出すことだったり、他者からの評価を得ることだった。

そしてその結果として地位や名誉を手に入れることであったり、金銭を得てほしいものを買って手に入れることだったりした。

もちろん僕はすべてではないが、おおよそ自分の納得できる範囲でそれを手に入れていた。

それでも、僕は幸せではなかった。

正直に言おう。全然、幸せではなかった。

自分は幸せだ、と頭の中で思い込んでいただけだった。
僕はいつも欲求不満だった。満たされていなかった。
僕は自分の中に大きく開いた穴を埋めようと、訳もわからずもがき、走り続けていた。
そして病気になるほど自分を痛めつけ、追い込んでしまった。

流転一生にあらず、まさに屋上の処を求む
いますでに汝（なんじ）が屋を見る
またさらに屋を作らざれ

——ブッダ

（刀根私訳）
ゴロゴロ流され、転がされるだけが人生ではありません。
自分自身をきちんと見つめてごらん。
屋上に上がり、その上にまた建物を作ろうとすることは止めなさい。

僕は人生の出来事にゴロゴロと転がされ、自分をきちんと見ず、建物の上にさらに建物を建て続け、最後にバベルの塔のように崩れ、がんになった。

僕は常に〝いま〟ではなく、〝未来〟を見ていた。

〝いま〟の自分や状況を否定し、少しでもよい〝未来〟を手に入れようと、もがいていた。

そしてついに、がんステージ4という〝未来〟がない状態になって初めて、自分が蜃気楼のようなものを追いかけていたことに気づいた。

〝幸せ〟は、評価や名声、地位や金銭などという自分の〝外側〟には、ない。

そして〝幸せ〟は、未来にもない。

なぜならば、僕らが体験できる時間は〝いま、この瞬間〟しかないからだ。


あるのは「この瞬間」だけだ。

人生とはつねに「いま」なのである。

あなたの人生のすべてはいつも「いま」展開している。

過去や未来の瞬間も、あなたが思い出したり予想したりする時にしか存在しないし、思い出や予想も、いまこの瞬間に考えている。

つまりは、「いまこの瞬間」しかないのだ。

――エックハルト・トール

一即一切、一切即一

——『華厳経』

（刀根私訳）
この瞬間にすべてがある、すべてがこの瞬間に起きている

めでたい時も時なり、悲しい時も時なり、うまい時も時、味ない時も時、嬉しい時も時、暑い時も時、寒い時も時、嗚呼、時なり

——道元

悲しいことに、僕は頭の中でいつも〝未来〟を追いかけ、走り続けていた。
その未来は、いつまで走り続けても、目の前にやってこないというのに。
「明日があるさ」という言葉があるが、これは間違いだ。
正しくは「明日はない」だ。

明日になったら、また目の前に〝いま〟という瞬間が来るだけだ。

いま、いま、いま……。

僕らの目の前にやってくるのは〝いま〟しかない。

ローマの哲学者セネカが言うように、

「せわしなく過ごすうちに、人生は急ぎ足で過ぎ去り、何の覚悟も準備も整わぬうちに老齢に不意打ちをくらわされる」

僕の場合は、老齢ではなく、がんステージ4だったが。

その時になって、後悔しても遅い。

幸せは考えないで、感じるもの

一つ目の問題、幸せは、〝どこ〟にあるのか。

そう、答えは〝いま、この瞬間〟である。

じゃあいまこの瞬間に、どうやって幸せを探せばいいのか？

という疑問が生じる。

その答えは、〝感じる〟ことだ。

感じることができなければ、幸せにはなれない。

なぜならば、「幸せ」とは「感じる」もので、「考える」ものではないからだ。

世界で最も素晴らしく、最も美しいものは、目で見たり手で触れたりすることはできません。それは、心で感じなければならないのです。

――ヘレン・ケラー

ブルース・リーが言っていた「考えるな、感じろ」というのは本当のことだ。

僕ら人間の脳は〝考える〟か〝感じる〟か、どちらかしかできない。

がんになる前、僕は〝考えて〟ばかりだった。〝感じる〟ことは、ほとんどなかった。

僕が〝感じる〟ことができる人間だったら、がんにはならなかったかもしれない。

その前に、自分の体調や生き方の歪みを〝感じて〟気づいていた可能性が高い。


ではどうやって〝感じれ〟ばいいのか。

一番のコツは、逆説的だが〝考えない〟ことだ。

考え、思考というものは基本的にネガティブだ。なぜならば、思考というものは〝危機を脱する〟ために鍛え上げられてきたものだからだ。だから、常に物事や出来事をネガティブに捉え、最善の対策を考えて生き残ろうとする。これが思考の機能だ。

僕も、そうだった。がんステージ4を告知された後、僕の思考は「どうやったらがんを消せるか」ということばかりを考えていた。

頭の中は常に崖っぷち、がんに心を串刺しにされてしまったのだ。しかし、考えても考えても答えは出なかった。僕は必死に、走り続けた。

必死という字は〝必ず死ぬ〞と書く。必死になると、死んでしまうのだ。

僕はがんに心を串刺しにされ、もう少しで、死ぬところだった。

死ぬ直前に降参することで、〝必ず死ぬ〞というフィールドから脱出できたのかもしれない。


考えないで感じるとは言うものの、なかなか感じることは難しい。特に僕みたいに考えてばかりだった人間は、いきなり〝感じろ〞と言われても、どうしていいかわからない。

感じるためのトレーニングは、まず自分の〝呼吸〞を感じることだ。

身体は一番身近な自然だ。

目をつぶって鼻から息を吸い、空気が鼻から肺に流れ込んでくる感覚を感じる。しばらく息を止め、肺から身体に酸素が回っていくのを感じる。そして今度は口から静かに息を吐く。肺がしぼんでいく感覚を感じ取る。

この本を読んでいる方、ぜひいまこの瞬間にやってみてほしい。

感じている時は考えることができない、ということが体感できると思う。


呼吸は意図しなくても起こっている。

身体の中の知性が起こしている。

あなたは、それを観察するだけ。

緊張も努力もいらない。

それから呼吸の短い中断に注目してみる。

とくに息を吐き終わった後に、ふたたび吸うまでのわずかな中断を観察しよう。

——エックハルト・トール

心の波が静かに収まり、ただ〝観察〟している時、思考が止まっていることに気づくだろう。

前述の道元禅師の言葉、

「諸縁を放捨し、万事を休息し、善悪を問わず、是非を管せず、心意識の運転を止め、念想観の測量を止める」（普勧座禅儀）は、まったく同じことをさらに具体的に言っている言葉だ。

同じ道元禅師の言葉に、こういうものがある。

濁り無き心の水に澄む月は、波も砕けて光とぞなる

——『傘松道詠』

（刀根私訳）
グルグル思考が消えると、心の中の迷いや苦しみも消え去り、安らぎや幸せがやってくるでしょう。

思考が消え去った時、そこに安らぎ、幸せがあることに気づく。しつこいようだが、同じ意味の言葉をさらに付け加えたい。

雲晴れて、後の光と思うなよ、元より空に有明の月

——夢窓国師

（刀根私訳）
雲が晴れ、ああ、やっとお月様が出てきた、と思ってはいかんよ。
初めからお月様はそこにあったのじゃ。
お月様が見えなかったのは、雲があったからじゃ。
頭の中の思考の雲が流れ去るのを眺めなさい。
身体の感覚にしがみつくのはやめなさい。
月（幸せや安らぎ）は、いつでもそこで輝いているのだから。

さらに、もう一つ。

悟りというのはのう、眼の鞘を外して観たるがよきじゃ

——天佳和尚

（刀根私訳）
目に映るものを、頭の中の思考や判断や枠組をすべて外し切って、そのまま観ることが「悟り」ということなんじゃよ。

安らぎ、幸せはいつもそこにあったのだ。思考という波や雲で見えなくなっていただけなのだ。

自分の中にある、「インナー・バース（内なる宇宙）」とつながる。目をつぶって、深呼吸して、心のざわざわが治まってきたら、それ（幸せ）は、まさにそこにあるのだ。

近年、マインドフルネスという言葉をよく聞くが、これは「考えるな、感じろ」のメソッドをまとめたものだ。ストレス対処法としても大変優れている。ご興味があったら、ぜひ試して頂きたい。よい参考書がたくさんある。

Be→Do→Haveという生き方

がんになる前の僕は、Do→Have→Beという生き方だった。

行動することで結果を得て、そして幸せになる、という生き方。

行動して行動して、その結果、お金や地位や名誉を手に入れて幸せになる、という生き方だ。

一生懸命行動しても、お金や地位や名誉が手に入るとは限らない。

万一、それらが手に入ったとしても、それが僕のように渇望を埋める手段でしかなかったら、心はまた渇いて、次の何かを求めて走り出す。

そうやって際限なく走り続ける。まるで無間地獄だ。僕は無間地獄の「回し車」の中を、必死で気づかずに走っていた。

ブッダが言ったように、建物の上に建物を建て続け、永嘉大師が言ったように、天に向かって矢を放ち続けてきた。


満足しない人間の多くは、永遠に前進し、永遠に希望を持つ。

——魯迅(ろじん)

魯迅の言葉に付け加えるならば「そして、永遠に渇き続ける」ということだ。

地獄はあの世にあるのではない。ここが〝地獄〟だったのだ。


もうひとつの生き方がある。

Ｂｅ→Ｄｏ→Ｈａｖｅという生き方だ。

一番初めに、Ｂｅがある。

最初から、幸せなのだ。最初から渇いていない。満たされている。潤っている。

幸せな状態で何かをする（Ｄｏ）。すると何かがやってくる（Ｈａｖｅ）。

最初から幸せだから（Ｂｅ）、結果（Ｈａｖｅ）に左右されない。潤っているから、さらに何かをつぎ足そうとしない。建物の上に建物を建てようとしない。十分、間に合っている。幸せは動かない。


僕はがんになってジェットコースターのスピードがガクンと上がった。「来週、呼吸が止まるかもしれません」という死の宣告でスピードがＭＡＸになり、最終的にジェットコースターから放り出された。それが「降参」だった。

その後も会社を解雇されたり貯金が底をついたりと、相変わらずコースは激しかったが、心はなぜか安定していた。一度死を覚悟して、そこを通り抜けたら、そのほかのことは大したことがないと俯瞰（ふかん）できたからだ。多少の揺れはあったが、以前のようにジェットコースターに振り回されることはなくなった。いつも幸せ（Ｂｅ）だった。なんたって、いま、生きているんだから。

幸せな状態であれば、何が来ても（Ｈａｖｅ）、何をしていても（Ｄｏ）、基本的に幸せだ。生きている、それこそが、最大の幸せだ。

自分は何でもできる「神」ではない。だから、自分は自分のできることを精一杯やればいい。しょせん、自分にできることなんて、限られているのだから。

自分以外の誰かや、ましてや世界を救うなんてできやしない。人は誰でも人生の主人公だ。だから彼らの人生は彼らに任せて、自分は自分ができることをすればいいし、逆に、それしかできない。

自分の限界を知り、その限界そのものまで「そうだよね」「頑張ったね」「よしよし」と愛しく捉え、ジェットコースター自体を「ほう、そう来たか」と楽しんでしまう（Ｂｅ）。

自分の限界を否定（ＮＯＴ ＯＫ）し、まだ足りない、まだ足りない、あるいは「～べき」「～ねばならない」という枠組に入り込むと、自分に対する肯定感、安定感は生まれない。天に矢を放ち続けることになる。

自己否定（ＮＯＴ ＯＫ）から自己信頼（ＯＫ）は生まれないし、生まれたとしても僕のように「Ｄｏ（やっている自分）」あるいは「Ｈａｖｅ（得た結果）」というドライバーが作り出したつかの間の自信にしかならない。

これは前も書いたように「回し車」だ。Ｈａｖｅ（結果）を求め、回し車で走る（Ｄｏ）という人生に幸せ（Ｂｅ）はない。最悪、僕のようなことになってしまうかもしれない。

「行動（Ｄｏ）」することで「成果」「結果」（Ｈａｖｅ）が出る時もあれば、出ない時もある。もし、思うような「成果」「結果」が出なかった時は、その「落胆」「悲しみ」もそのまま受け止め、「ま、今回はこれでよしとしよう」「今回はそういうことだったんだな」と受け入れる。

そして目の前の結果をフィードバック（「よし、今回は〜という学びになった」「経験値を上げた」）と捉え、次に生かしていく。

前にも書いたが、これを禅の言葉で「円応（えんのう）」と呼ぶ。「円」になって受け止めて「応」じていく。

「円応」を心がければ、目の前の出来事との摩擦（ストレス）が少なくなり、安らかな心で毎日を過ごすことができる。無理にポジティブを意識する必要はない。ポジティブ意識は思考を無理やりコントロールしようという行為なので、エネルギーを消費して疲れる。

「ほう、そうか、そう来たんだね」

ただ角を落として「円」になればいい。すると自然にＢｅ（幸せ）がやってくるから不思議だ。

「すでに、すべてはうまくいっている」

僕たちは、人生が準備した出来事（ジェットコースター）によって叩かれ、鍛え上げられる。

悲しみ、怒り、憎しみ、罪悪感、自己否定、さまざまな出来事によって叩かれ、強さを身につけることができる。

素晴らしくよく切れる日本刀の作り方を、知っているだろうか。

それは達人と言われる名工が、何度も何度も何百回も、いやもしかすると何千回も鉄の地金を真っ赤に熱しては叩き続け、不純物を叩き出し、そして水に入れ冷やし、鉄という物質であるにもかかわらず、しなやかな物質に変質させることで作り上げられる。

熱しては、叩く。

僕たちも、日本刀と同じだ。

さまざまな出来事によって叩かれ、不純物が叩き出され、鍛え上げられ、本当の自分になっていく。

そしてすべての人が、切れ味鋭い名刀になる。

私たちが「生きる意味があるのか」と問うのは、はじめから誤っているのです。

つまり、私たちは、生きる意味を問うてはならないのです。人生こそが問いを出し、私たちに問いを提起しているからです。生きること自体、問われていることにほかなりません。私たちは、問われている存在なのです。私たちが生きていくことは、答えることにほかなりません。

――V・E・フランクル

フランクルの言うように、人生は「問いかける」。それにどう答えていくか。度々登場するOSHOの言うように「あなたは楽しんだかね？　ゲームそのものを」ということが「答え」ではないだろうか。

不思議なことに幸せな状態で何かをすると、よい結果につながることが多い。

僕は脳転移で入院した時、完全に降参して、自分が治るということも含めてすべてを手放していた。その状態で、僕はもう幸せだった。

すると2週間後、「希少遺伝子が見つかりました」と、知らせを受けた。

調べてみると、肺がんの人の４％しか適合しない遺伝子が見つかった。しかも、僕のがん細胞50個を取り出して一つ一つ数えた結果、50個すべての細胞にそれが認められたとのことだった。

適合率は100%だった。おかしいと思われるかもしれないが、それを聞いた時、僕は「当然の結果だ」と思った。不安がまったくなかったからだ。

それに適合する薬を服用したら、1カ月後にがんはほとんど消えてしまった。その結果を受け取った時も「当然だ」と思った。当然の結果がやってきた、と思った。

手を握りしめていると、何もつかむことはできない。握った手を開いて、手を空っぽにして初めて、新たなるものが予想外のところからやってくる。

僕は入院した時、退院はできないと思っていた。おそらく緩和ケアの病院に転院して、家には帰れないだろうと思った。入院で部屋を出る時、「もうこの部屋には戻れないだろうな」と淡々と思った。絶望も落胆もなかった。しかし不思議な安心感に包まれていた。

気分は爽快だった。お任せ状態だった。

天にお任せすると、迷ったり苦しんだりすることはなくなる。

最初にBe（状態）、次にDo（行動）、Have（結果）はお任せ。来たものを喜んで受け取る。

それらの行為は、執着と結果を捨てて行われるべきである。これが私の最高の結論である。

——『バガヴァッド・ギーダー』

執着を捨てる。結果も捨てる。

がんになる前、僕はノーサレンダー、諦めない人だった。降参しない人だった。だからこそ降参した時、執着を手放し、作為を捨て、エゴを捨てること、それが本当に大切だということに気づくことができた。

戦国時代後期から江戸時代の初期に活躍した禅僧に、沢庵（たくあん）という人がいる。宮本武蔵、柳生宗矩（やぎゅうむねのり）といった剣豪たちを指導したことでも知られている。

彼が亡くなる時、弟子たちが彼に言った。

「最後に、何か言ってください」

「何も言うことはない」

「そんなこと言わないで、何か一言でも最後にお教えください」

「じゃあ言おう」

彼は言った。

百年三万六千日
弥勒観音、幾（いくばく）か是非
弥勒も夢、観音もまた夢
是もまた夢、非もまた夢
仏言く（ほとけのたまわく）、応作如是観（おうさにょぜかん）

（刀根私訳）

百年近く生きてきて、とても長い月日、この世界を模索してきたけれど、人を慈しみ、愛を施そう（弥勒）と、できることをできるだけやってきた。

でも、いまはわかる。私が誰かを救う（観音）など、幻想だった。

そして、人生で起こったよいと思ったことや、よくないと信じていたことも、実はすべて幻想だった。

死を目前にして、いまはっきりわかること、それは、宇宙の仕事は完璧だった、ということだ。

沢庵禅師が言うように、「すでに、すべてはうまくいっている」のだ。

道元禅師も『正法眼蔵』で、同じことを言っている。


時としていたらずということなし、仏性として現前せずということなし

（刀根私訳）

宇宙は足りないとか、未だ達しないなどということはない。宇宙が完璧でないということは、あり得ない。


がんから生還したいま、朝、目が覚めた時、自分がどこにいるかわからなくなることがある。

そして、気づく。あー、今日も目が覚めた。今日も生きていた。生きて目が覚めることができた。

生きている。なんて幸せなんだろう。今日も生きられる。生きる時間がある。

幸せなんて簡単だ。生きていること、いま目の前にあるもの、周りにいる人たちへ感謝をすればいい。

生きていくために必要な住居、食べ物、お金があればいい。

妻が横にいる。犬たちが僕にくっついて眠っている。それだけで、僕は十分幸せだ。

他は些末（さまつ）なことだ。ある意味、どうでもいい。外部的な事柄と幸せとは関係ない。


僕は前著『僕は、死なない。』を出版してからたくさんのがんの方々とつながった。元気で過ごされている方も多いが、残念ながら亡くなられた方も多い。数えたことはないが、見送った方々はおそらく100名を超えると思う。

彼らの言葉、表情をいまでもふと思い出すことがある。みんな、いい人たちだった。笑顔が素敵だった。

別に死ぬことは悪いことではないし、人は必ずいつかは死ぬ。僕もそうだ。だが、いま、僕は彼らが生きることのできなかった時間を「生きている」。

「生きることは、苦しみだ」とブッダは言ったが、その苦しみを含めてすべてが宝物だと思う。死んだら苦しむこともできない。

生きている、それこそが最大の宝であり、幸せだ。

如是の生涯、如是寛なり
幣衣破碗也閑閑
飢えては餐し、渇しては飲む、只、我知る
世上の是非は総て干せず

——桃水和尚

（刀根私訳）

服はボロボロ、食器はひび割れ、でも、私はこれで満足。

腹が減ったら食べ、喉が渇いたら飲む。ただただ、本当の私を知っていくのみ。

世間のゴタゴタには、手を出しません。


不思議に思われるかもしれないが、僕はがんになって本当によかったと思っている。

がんという体験を通り抜けなければ、いまの僕はいない。

あのままの人生が続いたとしたら、僕は相変わらず「回し車」の中で、必死になって走っていただろう。あの人生にはもう二度と戻れないし、戻りたくない。

２０１６年9月1日、がんを宣告された日、それは僕の第２の誕生日。

あの経験があったからこそ、いまの僕がいる。

いまこうして生きている、それだけでもう十分幸せだ。本当の幸せは、いまこの瞬間、いまここにある。

この世界は〝地獄〟でもあるが、同時に〝天国〟でもあるのだ。

何を見て、どう生きるか。

この世界がどちらになるかは、僕たち自身にかかっている。

それがわかっただけでも、がんになった甲斐があったというものだ。

こ

賢者の言葉

過去も未来も存在せず、あるのは現在という瞬間だけだ。

トルストイ

本当に幸せになりたいと思ったら、自分の外部にあるものに自分の幸せを依存してはいけないということです。テレビCMの世界では、幸せはお金で買えるものだと声高に叫ばれていますが、私たちはそうはいかないということをよく知っています。

グレッグ・ヒックス&リック・フォスター

幸せは、けっして目標でないし、目標であってもならないし、さらに目標であることもできません。それは結果にすぎないのです。

V・E・フランクル

人生で後悔している
たったひとつのこと

それぞれが自分の人生を生きていく中で、幸せになれるかどうかは、愛を実行するかどうかにかかっています。

ペーター・ラウシュラー

もっと自分を愛せばよかった

僕ががんになって一番後悔したこと、それは、「自分を、愛していなかった」ということだ。

僕にとってがんの体験は、「真の意味で自分を大切にする。自分を愛するように」との呼びかけだった。

がんになる前、僕は自分を〝愛している〟と思っていたが、それは間違っていた。僕は自分を〝認めて〟はいたが、〝愛して〟はいなかった。その違いを理解していなかった。〝愛している〟と〝認めている〟は似ているようだが違う。違うというより、その深さのレベルが違う、階層が変わる、と言う方がわかりやすいかもしれない。夕陽がオレンジから赤に変わるように、〝認める〟のもっと濃い状態が〝愛する〟だと思う。〝認める〟から〝愛する〟に変わると、エネルギーも変化する。


僕は、その〝認めていた〟自分も、一部分だった。

自分の中の〝できる自分〟〝有能な自分〟〝結果を出す自分〟だけしか認めていなかった。

自分の中にある〝ダメな自分〟〝できない自分〟〝不十分な自分〟は、認めていなかったし、蓋をして見ないようにすらしていた。見ないでいれば、認識をすることはないし、対処する必要もない。

しかしその凹んだ部分は、無意識に心の深いところで、不安や自己否定感を創り出していた。

僕はその不安定感を埋めようと、前述したドライバーに駆り立てられ、自分が何をしているのか、何を求めているのかすら気づかずに、「回し車」の中で走り続けていた。

まだまだ、もっともっと、足りない足りない……。

自分に対して無言のプレッシャーをかけ、クリアした時のみ、〝許可〟を与える……そうやって生きてきた。入っている回し車に気づかなければ、そこから出ることはできない。僕は自分が本当に求めていたものに気づかずに、ただただ果てしないサバイバル・ロードを走っていた。がんステージ4という体験は、それを気づかせてくれた機会だった。

病気にはさまざまな要因があるが、心の苦しみが身体に表れたものがその一つで、そのメッセージは「私と戦え」ではなく「私を愛して」だと思う。

そう思うと、すべての根っこは「自分を愛していなかった」ということから派生していたと思う。

自分を愛していなかったから、妻との関係を大切にできていなかったし、自分を愛していなかったから「生きる時間がもう少ない」ことに後悔したし、自分を愛していなかったから「身体」を大切にできなかったし、自分を愛していなかったから「頑張り」すぎてしまったし、自分を愛していなかったから「無駄な戦い」を続けてしまったし、自分を愛していなかったから、自分の本音に「気づかないように、目を背けて」しまったし、自分を愛していなかったから「家族を愛すること」ができなかったし、自分を愛していなかったから「やりたいこと」から逃げてしまったし、自分を愛していなかったから「助けて」と言えなかったたし、自分を愛していなかったから「降参」して「任せる」ということができなかったたし、何より、自分を愛していなかったから「幸せ」でなかった。

「あなたは正しくありたいのか？　それとも、幸せでありたいのか？」

という問いかけがある。僕は「正しく」ありたかったが、間違いなく「幸せ」ではなかった。

2017年の夏、僕が全身がんの状態から回復し、帰省した時のことだ。62キロあった体重は50キロになっていた。放射線治療で髪の毛が抜け、ガリガリに痩せ細った僕を見て、母は言った。

「私は、あなたがこの冬を越えられると思っていなかったの……」

そこで、言葉を詰まらせ、続けた。

「だから、本当によかった。私は、あなたが生きているだけ、それだけで幸せ」

そう言って、泣いた。

僕はその時初めて、「そうか、僕は生きてるだけでいいんだ。生きてるだけで、よかったんだ」と感じた。何か大きなものから、解き放たれた気分だった。

それまでの僕は、自分にさまざまなハードルを課し、それをクリアできない自分にダメ出しをし続けてきた。

ハードルなんかいらない。生きてるだけで、それでいい。それを母の言葉と涙で気づかされた。

自分を駆り立てる「恐れ」は、自分の外側にあるのではない。「恐れ」は自分自身の内側、いや、自分自身が作り出しているものだ。

「恐れ」の声に頭の中が占領されると、無意識のうちに自ら回し車に入り、そして永遠に走り続けることになる。さらに同じハードルを周りの人たちにも課し、周りの人たちも自分同様に苦しめることになる。僕のように。

人は誰でも程度の差はあるが「回し車の中」に入っている。

回し車から出る方法の一つが「自分を愛すること」だと思う。

自分を愛する手順

手順は二つ。まずは、自分の中で〝大切にする〟〝愛する〟という感覚を感じ取り、つかむ。

「愛する」というのはエネルギーだ。自分の中に湧き上がってくる「感覚」を感じてみてほしい。これはスポーツや習い事を覚えていくのと同じで、誰かに代わりにやってもらうことはできないし、ラクをするための攻略本もない。自分で感じ取り、自分でつかんでいく作業だ。

いまこの瞬間、本から目を上げて、胸に手を当て、目をつぶって、大きく深呼吸をしてみてほしい。そして、心臓の鼓動を聴き、感じてみてほしい。

トクントクンと聴こえるこの音……そう、この心臓は、自分が生まれた瞬間から、1秒も休むことなく、自分と共にずっと時を刻んでくれている。

それを感じた瞬間に、この身体というマシンの完璧なまでの素晴らしさと、その献身的な行為に感謝が湧いてこないだろうか?

呼吸も消化も血圧も免疫機能も、僕が「やってくれ」と命令したり意識したりすることなく、すべて身体が自動的に、そして完璧にやってくれているのだ。

僕はそれに気づいた時、「身体って、なんてすごいんだろう!」と驚嘆の念を感じた。そしてその完璧な「身体」に比べ、アンバランスなまでの自分の心の「未熟さ」を感じた。

未熟な心が、完璧に動いている身体のバランスを崩し、病気という状態を創り出してしまう可能性もある。

健康は「肉体を愛情なしに使おうとするあらゆる試み」を放棄した結果です。

――マリアン・ウィリアムソン

「健康」が身体にとっては「普通」の状態なのだ。

この「身体」に対する驚きと感謝が「身体を大切にする、愛する」のベースになる。

以前の僕は自分の身体を大切にせず、モノのように扱っていた。身体は「道具」だと思っていた。粗雑に扱っていた。大切に扱わないものは早く壊れる。身体も同じだ。自分を愛することの第一義は、自分の「身体」を愛することだ。

「いつも絶え間なく、そして文句も言わず、動き続けてくれてありがとう。君が動いてくれているおかげで、僕はこの世界に存在することができる。本当にありがとう」

第二義は、自分という「存在」を愛すること。

「存在」を愛するって言われても……そう思われた方、ちょっと思い出して頂きたい。

これをお読みになっている皆さんにも、大切な人、大事な人がおられると思う。目を閉じて、その人を思い浮かべてみてほしい。笑顔、声、その姿を具体的に思い浮かべてみる。温かいエネルギーが泉のようにあふれてくるのを感じられると思う。

あまりピンと来なければ、その人が「残り、わずかの命」で、その人とは、もう会えないかもしれない、いなくなってしまうかもしれない、死んでしまうかもしれない……あの笑顔、あの声、あの姿はもう見られないかもしれない……と想像してみる。

いままでとはまったく違う感覚が、胸に湧いてくるのを感じられると思う。そう、僕がそうなりかかったように、その大切な人もいつ向こう側に還っていくかわからないのだから。

今日から、出会う人はみな……。
友だちも敵も、愛する人も見ず知らずの人も、
夜中の12時までに死んでしまう者として接する。
どれほどわずかしか接触しなくても、
一人一人に精一杯思いやりといたわり、理解と愛情を示し、見返りは期待しない……。
あなたの人生はこれでもう、いままでと同じではなくなります。

――オグ・マンディーノ

いま感じているその気持ちを、ぜひその人に伝えてほしい。そしてそのエネルギーから行動してみてほしい。その人は喜ぶだろうし、それでそれまでの関係性が変わる可能性だってある。

次に、この温かなエネルギーを自分に向ける。

心の中に浮かんでくる、この温かで平和で穏やかなエネルギーを意識的に選択し、その逆の不安や恐れ、心配や戦いなどに満ちたエネルギーを手放していく。

これは目をつぶって深呼吸をしながら行うとやりやすい。マインドフルネスは、このネガティブなエネルギーから離れていくのにとても役立つメソッドだ。

この本では三度目の登場になるが、また同じ言葉をここで書きたい。

「諸縁を放捨し、万事を休息し、善悪を問わず、是非を管せず、心意識の運転を止め、念想観の測量を止める」（道元禅師／普勧座禅儀）

すべての事柄から離れ、すべてを休み、善いとか悪いとかを問わず、善い悪いを考えず、心の中でグルグル思索することを止め、念（自分の世界観）想（感情）観（観察）を止める。

心が平穏になって初めて、「自分を愛する」ということが可能な状態になる。心が戦いに明け暮れて平穏でないと、未来や外的環境に心のよりどころを求め、「回し車」に入ることになってしまう。

「認める」から「愛する」

「自分を愛する」ということについては、三つの視座がある。「認める」から「愛する」への深化プロセスと捉えるとわかりやすい。視座とは、物事を眺め、それを把握する時の立場のことだ。これはピラミッドをイメージして頂くと、可視化しやすい。

このピラミッドは、三層構造になっている。

三層構造の一番上のてっぺんの部分、この部分が「結果に対する承認」である。これは一番わかりやすい、そして最低レベルの「愛する」だ。前項のＨａｖｅに当てはまる。

何か頑張って、結果や成果を出した時、「よくやった」「すごい」「さすが」「おめでとう」などと、結果や成果を認める、承認をする。自分が出した成果や結果を素直に認め、「やったぜ」「上出来だ」「我ながら、すごいな〜」「さすが、私だ」「私、素晴らしい！」と褒める、認める、抱きしめる。身体が温かくなり、自分の中の何かが喜んでいるのを感じられると思う。

僕は、これすら自分にできていなかった。「やって当たり前」「できて当たり前」という視座で自分を見下ろし、逆に重箱の隅をつつくように「できていない部分」を見つけ出しては「ここがダメ」「あそこもダメ」「まだできてない」「十分じゃない」と、自分にダメ出しをし続けていた。

前述した通り、成果や結果を出した時にも「喜び」や「自己承認」ではなく、クリアしてほっとする、「喜び」ではない「安堵」という気持ちだった。自分のことを「ダメだ」と思っていたから、「ダメじゃなかった自分」にほっとしていたのだ。そして高いクリア基準を自分に課し、ほとんどの場合クリアできなかった。トレーナー時代に自分に課していた「全勝」という基準は達成不可能だった。

さらに、承認がこの「結果・成果を達成した時」だけになってしまうと、「結果・成果」を出していない時は「承認しない、愛さない」という問題ある状態になる。これでは「結果・成果がすべて」という状態になってしまって、まさに目の前にぶら下がった目標に向かって、回し車の中を猛スピードで走ることになる。「ダメ出し」と「ほっとする」の繰り返しの人生に「幸せ」は訪れない。

2段目、ピラミッドの真ん中は「行動」だ。「結果・成果」ではなく、「行動そのもの」に対しての「承認」だ。前項の「Ｄｏ」に該当する。車のエンジンが動くためには、燃料のガソリンが必要なように、心が元気で生き生きと活動するにも「承認」が不可欠だ。「承認」は、心というエンジンを動かす燃料となる。

自分に対する代表的な声掛けは、「私、頑張ってる！　よくやってる！　努力している！」「(具体的な行動に対して）あれはよかった」「上達した！　成長した！」「いいぞ、大丈夫、きっとうまくいく」などになる。これが自分のタンクに自分でガソリンを入れる行為になる。自分で自分に声掛けをして、ガソリンを入れていく。これも大事。

しかし、ここでも一つ問題がある。人は常に「行動」し続けることはなかなか難しい。疲れた時、動けない時、休みたい時が必ずある。そうなると「行動できないからダメ」「動いていないからダメ」という状態になる。常に行動し続けなければ「ＯＫ」でなくなってしまう。これもまた別の回し車だ。そして「ダメになりたくない」から「無理して頑張る」という状態になる。これが病気を引き起こす原因にもなる。止まった時に「死んでしまう」。ひたすらマグロのように猛スピードで泳ぎ続ける人生にも「幸せ」は訪れない。

色合いで例えると、ここまで説明してきた「結果・成果」「行動」までがオレンジで、ここから下が赤になる。

最後の、そして一番下の基底部分である「存在」に対する視座、ここからが「認める」から「愛する」の領域になる。

ドイツの哲学者ニーチェの言葉を紹介したい。

自分はたいしたことない人間だなんて思ってはいけない。それは、自分の行動や考え方をがんじがらめに縛ってしまうようなことだからだ。そうではなく、最初に自分を尊敬することから始めよう。まだ何もしていない自分を、まだ実績のない自分を、人間として尊敬するのだ。

——フリードリヒ・ニーチェ

そう、ニーチェが言うように、「実績や成果／Ｈａｖｅ」を上げていなくても、何もして（行動／Ｄｏ）いなくても、さらに言うならば、人間として「生きている／Ｂｅ」だけで尊敬に値する。条件などない。ハードルなどない。無条件に自分という「存在」を認める、尊敬する。父が僕の言葉をすべて受け止めてくれたように、母が僕に言ってくれたように、「生きているだけで、ＯＫ」なのだ。これが「愛する」というフィールドだ。

私がこれまで働きかけてきたことはただ一つ、〝自分自身を愛する〟ということだけだ。

私たちが本当にあるがままの自分を愛し、受け入れ、認める時に、人生の何もかもが動き出すのである。

――ルイーズ・L・ヘイ

〝地獄〟が〝天国〟に変わる

そうは言うものの、「あるがままの自分を愛する」のはなかなか難しい。
その感覚を自分に落とし込もうと思っても、何かが邪魔をして、すっきりとこのエネルギーが深くまで落ちていかない。
頭で無理やり「自分を愛そう」と思い込もうとすれば、それが「自分を愛さねばならない」という強制になり、それができていない時は「自分を愛していない私って、なんてダメなんだろう」という自己否定にもつながりかねない。それでは自分を苦しめることになり、逆効果だ。

なぜ、自分を愛せないのか？

僕は緊急入院が決まった後、この質問を自分にしてみた。

湖面に石を投げ入れるように、自分の心に問いかけ、その波紋や波の広がり、そして湖底から返ってくる応答に耳を傾けてみた。

深い心の中で、誰かの声が小さく響いてきた。

その深く暗いところを覗き込んでみると、僕の中に、そう、深い深い心の奥底に、子どもがいた。その子どもは不安そうに僕を見上げていた。そして、その子はとても傷ついていた。

その傷ついた子どもが、心の中で叫んでいた。


僕はダメだ。

僕は弱い。

僕はバカで間抜けなんだ。

感じると傷つくから、もう感じるのはやめよう。

僕は自分じゃ何も決められない。

裏切られると傷つくから、信用したり、誰かに何かを頼んだり、期待したりしない。

自分のことは、全部自分でやるんだ。
僕は必ず何か間違うから、余計なことはしない。
僕はひとりぼっちだ。
僕は、僕であったらダメなんだ。

この子のことを心理学用語で「インナーチャイルド」と呼ぶ。そう、この子が「傷ついたまま、置き去りにされていた僕」だ。
日常の顕在意識のその下で、この子が自分に気づいてほしいと声をあげている限り、「自分を愛する」のは不可能だった。

大人になったいま、あなた自身が自分の中の子どもを慰めてあげなければ、それは本当に悲しいことだ。

——ルイーズ・L・ヘイ

問題は、胸の中の子どもがすっかり押し隠され、押しつぶされてしまった時に姿を現すということだ。すると、人は自分本来の願望を忘れ、他者の願望に従い、そこに迎合し

ようとするのである。

――エリック・バーン

前述した2017年の入院中、アーティストのKOKIAさんの「愛はこだまする」という曲を毎日聴いていた。この曲は長男から「これ、いいよ」と教えてもらったものだ。目をつぶり、歌声を身体に染み込ませていく。

そしてこの歌の歌詞「I love you」に合わせて、自分の中にいる傷ついた子どもに声をかけ、その子を抱きしめるように、自分の腕で自分の身体を抱きしめた。

ごめんね。
ひとりぼっちにしてきた。
本当にごめん。

その子はなぜか、いつも同じ汚れた体操服を着ていて、赤い帽子をかぶっていた。そして自信なさそうに、寂しそうに僕を見ていた。

透き通る歌声と共に、冷たく、暗く、硬かったその子がいた場所が、明るく、穏やかで、光に満ちた場所に変わっていった。その子が癒されていくのを感じた。

僕は、暗いところでひとりぼっちでうずくまっているその子を見つけ、声をかけ、抱きしめて癒してあげた後、初めて「愛する」の感覚がわかった。言葉で表現するのは難しいが、胸がじんわりと温かくなり、水中に浮かんでいた塵（ちり）が静かに沈んで、水中がすっきりと透き通っていくような感じだ。僕はこの後、「自分を愛する」ができるようになった。そして「自分を愛する」ができるようになって、初めて「他者を愛する」ができるようになった。誰かを愛するには、まず「自分」を愛することがそのプロセスとして必要だったと知った。

自分の中にいる、インナーチャイルドを癒してあげることが「自分を愛する」ことの第一歩だと思う。

ベートーヴェンの言っていた「苦悩を突き抜けて歓喜にいたれ」の「苦悩」しているのは、他でもないこの「インナーチャイルド」であり、ブッダが言っていた「人生とは苦しみである」の「苦しんでいる」のも、このインナーチャイルドなのだと思う。

自分の中にいるその傷ついた子どもの声に耳を傾けること、そして優しく声をかけてあげること。

それができて初めて「あるがままの自分を愛する」という段階に進むことができるのではないだろうか。

先ほどのベートーヴェンの言葉を言い換えると、「苦しみの森を抜けて、本当の安らぎと幸せにたどりつく」になるのだと思う。

苦しんでいる自分に出会い、その自分を癒して回し車から抜け出し、いままで歩んできた苦しみやつまずきなどのプロセスも含めて、過去の自分を「よく頑張ったね」「よくやってきたね」「すべてOKだよ」と慈愛を込めて抱擁し、これからの自分を「何が起こっても大丈夫」と、その「存在」まるごと信頼する。これが「自分を愛する」ことだと思う。

そして、自分を愛することができた時、ここが〝地獄〟から〝天国〟に変わる。

賢者の言葉

私たちは数多くの問題を抱えていると思っているが、問題は一つしかない。愛を否定することが唯一の問題で、愛を受容することが唯一の答えです。
病気は愛情のない考えが現実化しただけのことです。
すでに見てきたように、地獄を承認することなくして天国に至ることは不可能です。

マリアン・ウィリアムソン

自分の人生をまっとうさせるために、まずは自分を尊敬しよう。

フリードリヒ・ニーチェ

大丈夫だ、心配するな、なんとかなる。

一休宗純

あとがき——その後の僕

死に向かって言ってごらん。

「ようこそ。私には用意ができていますよ」

OSHO

2024年11月、がん宣告を受けたあの日からほぼ8年が経った。

幸いにして、僕はまだ「生きて」いる。

僕の時間は「続いて」いる。

しかしこの8年間、何もなかったわけではなかった。

僕の希少遺伝子に適合した抗がん剤「アレセンサ」は、いまも朝晩飲んでいる。

一度、医師に「いまは寛解（がんがない状態）しているので、薬を止めてもいいですか？」と聞いたところ、「止めた人は、いままで一人もいないので、止めないでください」

とのことだった。

この薬が効かなくなるまで、飲み続けるだろう。そういう意味で、僕はいまだ「延命中」と言える。

2017年、前述したように脳に転移したがんは直径3センチほどにもなり、その影響で右眼が見えなくなった。さらに自分の名前の漢字が思い出せなくなったり、文字を忘れて書けなくなったりした。

幸い放射線治療で脳の腫瘍は消失したが、今度は放射線の副作用で脳が腫れ始め、3年後の2020年には、腫瘍があった左脳がシワが消えるほどパンパンに腫れあがってしまった。

腫れを抑えるためにステロイドを服用し始めたところ、その副作用で白内障になり右眼がほとんど見えなくなった。2年後の2022年に左眼も見えなくなってきたので両眼とも手術をして、人工レンズに入れ替えた。

2023年には、脳の腫れがステロイドで抑えきれなくなり、足元がふらつき、左脳の停止による思考鈍麻や記憶障害が起こったため、頭蓋骨を切り開頭手術をして、放射線治療で壊死した脳の切除を行った。

これによって脳の腫れはほぼ治まったが、すべて消えたわけではなく、現在でも左脳の腫れが残っている。医師によると、これ以上はもう消えないそうだ。頭のふらつきはいまもある。

頭を触ると、ドリルで頭蓋骨に開けた直径1センチほどの穴が、皮膚の下に八つ開いているのがわかる。これも、ふさがらないそうだ。もうボクシングはできないだろう。

手術の影響もあり、軽い右半身の麻痺がある。右手右足の感覚が鈍麻し、思ったように動かない。足裏はゴム底の長靴を履いているようだ。スリッパを履いている時、ふと気づくと、右足のスリッパがどこかに行ってしまっている。

時々自分の右手や右足が、どこにあるのかわからなくなることがある。

右手右足が重く感じ、例えて言うなら、マンガ『巨人の星』の大リーグボール養成ギプスを24時間つけている感じだ。おそらく脳神経がうまくつながっていないのだろう。

お財布から小銭を出したり、洋服のボタンをはめたりするという作業が、とても難易度の高いものになった。細かい作業が難しい。文字もきれいに書けない。

脳の手術で1カ月入院していたこともあり、筋肉が驚くほど衰えた。

退院したばかりの頃は、ベッドから「身体を起こす」「立ちあがる」という行為も、「よし、起きるぞ、よし、立つぞ」と気合いを入れないとできなかった。寝た状態から頭を持ち上げることも大変だった。いまも早足では歩けないし、その場でジャンプすることもできない。

右足に麻痺が残っているので「歩く」という行為も、足元を見て心の中で「全集中！」と言いながら、「右、左、右、左……」と一歩一歩集中して行っている。階段を降りる時も左足から一歩ずつ降りている。左右の足を交互にスムーズに動かし、降りることが難しい。

脳の手術から半年後の2023年11月、脳に7か所の転移が見つかった。幸い小さかったため、放射線治療のガンマナイフで対処できた。

また、いままさにこの原稿を書いている最中（2024年9月）、また脳転移が1か所見つかった。いまガンマナイフ治療を行って退院してきたところだ。やはりガンになるといろいろある。

現在は脳の腫れを抑えるために服用していたステロイドを減薬しているところだが、長期のステロイド服用で副腎が機能しなくなっており、「減薬リバウンド」という副腎疲労状態で、身体が鉛のように重く、長時間動けない状態が続いている。例えて言うと、朝起きた時から徹夜明け、体力ゲージが真っ赤という感じだ。いま、この状態が11カ月ほど続いている。この減薬リバウンドから完全に抜けるには最低あと1年くらいはかかるだろう。

しかし、僕はまだ「生きて」いる。

本当に、ありがたい。

有難いという言葉は「有る」と「難い」が合わさったものという説がある。

そう、普通で「有る」というのは「難しい」ことなのだ。

「生きている」という状態は「有り」、「難い」のだ。


２０１６年9月に痛切に願った「生きる時間」を、僕は生きている。

この時間がいつまで続くか、わからない。

次の２カ月おきの検査で、再発が見つかるかもしれない。

それは神のみぞ知る、という領域だろう。

僕は、考えてもわからないことは、考えないことにしている。


では、どう生きるのか？

フランクルが言ったように、人生は目の前に具体的な「状況」となって問いを投げかけてくる。

「死」を恐れて不安や心配に苛（さいな）まれ、怯（おび）えて過ごすのか、あるいは見ないようにして「忙しく」生きるのか、本来は持てなかった「時間」に感謝しながら「楽しく」「幸せ」に過ごすのか。

「忙しい」という漢字は「心」を「亡くす」と書く。

一度「死」に直面したからこそ「生」の「有」り「難」さ、貴重さが骨身にしみてわかった。

「いつ死ぬか、わからない」からこそ「いまを大切に、生きる」という、よく聞く当たり前の言葉は、本当だった。

ここを〝地獄〟にするのか〝天国〟にするのか、それはつまり、僕次第ということだ。

「死」は、必ず訪れる。

それは明日かもしれないし、もしかして、今日かもしれない。

だから、一日一日を、その日が日々の終わりの日であり、人生を完了させ充実させる日であるかのように、生きるべきなのです。

セネカ

いまの僕は、「死ぬ時に、死ぬ」と思っている。

死とは、眠ったまま目を覚まさないことだ。

眠る。そのまま目が覚めない。

眠る時、恐れがあるだろうか？　眠るのが怖いだろうか？　目が覚めなかったら、という不安を抱くだろうか？

死とは、そういうものだと思う。

僕たちは気づいたら、生まれていた。だから、死ぬ時も同じだと思う。気づいたら、死んでいる。違いは、気づかない、ということ。


最後に禅マスターたちの面白い問答を紹介したい。

爽山「生死の中に仏あれば、生死なし」
これに対し、定山が答える。
定山「生死の中に仏なければ、生死に惑わず」

（刀根私訳）
爽山「ホントはさ、みんな死なないってことを理解したら、死ぬのなんて怖くないんだけどね」

定山「どのみち死ねばわかるんだから、どっちでもいいんじゃね？」

そう、どっちでもいい。死んだらわかる。
死ぬまで生きる。死というお迎えが来るまで、毎日を気分よく、爽やかに、晴れやかに、やることをやって、新鮮に過ごしていく。それでいいと思う。

刀根健

賢者の言葉

老年に入る前、僕はよく生きることを心がけていました。
老年になってからはそうでなく、よく死ぬことを心がけています。
よく死ぬとは、平然と死ぬことです。

セネカ

私たちは何も手に持たずに生まれてきて、
そして、何も持たずに死んでゆく。
だから物を所有することは何の意味もない。
すべての物を使いなさい。
あなたが生きているうちに、世界を使いなさい。
世界が与えてくれるものすべてを楽しみなさい。
そして、後ろを振り向かずに、物に執着せずに、
あちら側の世界に行きなさい。

OSHO

参考文献

『Ｃｏｕｒａｇｅ　勇気』（ＯＳＨＯ著／山川紘矢・山川亜希子訳／角川書店）
『Ｊｏｙ　喜び』（ＯＳＨＯ著／山川紘矢・山川亜希子訳／角川書店）
『死について41の答え』（ＯＳＨＯ著／伊藤アジータ訳／めるくまーる）
『こころでからだの声を聴く』（ＯＳＨＯ著／マ アナンド ムグタ訳／市民出版社）
『思いやりの人間関係スキル』（Ｒ・ネルソン＝ジョーンズ著／相川充訳／誠信書房）
『人生の短さについて』（セネカ著／浦谷計子訳／ＰＨＰ研究所）
『ライフ・レッスン』（エリザベス・キューブラー・ロス＆デーヴィッド・ケスラー著／上野圭一訳／角川文庫）
『人生は廻る輪のように』（エリザベス・キューブラー・ロス著／上野圭一訳／角川文庫）
『モリー先生の最終講義』（モリス・シュワルツ著／松田銑訳／飛鳥新社）
『幸せに生きるためのがんとの向き合い方』（三浦直樹著／きれい・ねっと）
『がんが消えていく生き方』（船戸崇史著／ユサブル）
『澤木興道全集　第一巻　証道歌を語る』（澤木興道著／大法輪閣）
『ニュー・アース』（エックハルト・トール著／吉田利子訳／サンマーク出版）
『自助論』（サミュエル・スマイルズ著／竹内均訳／三笠書房）
『すべてがうまくいく「やすらぎ」の言葉』（ルイーズ・Ｌ・ヘイ著／水澤都加佐訳／ＰＨＰ研究所）
『神との対話』（ニール・ドナルド・ウォルシュ著／吉田利子訳／サンマーク出版）

『神とひとつになること』（ニール・ドナルド・ウォルシュ著／吉田利子訳／サンマーク出版）
『愛について』（ペーター・ラウシュター著／岩田明子訳／飛鳥新社）
『ニーチェの言葉』（フリードリヒ・ニーチェ著／白取春彦編訳／ディスカヴァー・トゥエンティワン）
『アランの幸福論』（齋藤慎子訳／ディスカヴァー・トゥエンティワン）
『「頭のいい人」はシンプルに生きる』（ウエイン・W・ダイアー著／渡部昇一訳／三笠書房）
『「本当の自信」を手に入れる9つのステップ』（水島広子著／大和出版）
『ヒクソン・グレイシー　無敗の法則』（ヒクソン・グレイシー著／ダイヤモンド社）
『自己信頼』（ラルフ・ウォルドー・エマソン著／伊東奈美子訳／海と月社）
『1日10秒マインドフルネス』（藤井英雄著／大和書房）
『バガヴァッド・ギーター』（上村勝彦訳／岩波書店）
『ハッピーな人々の秘密』（グレッグ・ヒックス&リック・フォスター著／到津守男監訳・小山晶子訳／総合法令出版）
『それでも人生にイエスと言う』（V・E・フランクル著／山田邦男・松田美佳訳／春秋社）
『怪物はささやく』（パトリック・ネス著／池田真紀子訳／あすなろ書房）
『カール・ロジャーズ入門　自分が〝自分〟になるということ』（諸富祥彦著／コスモス・ライブラリー）
『愛への帰還』（マリアン・ウィリアムソン著／大内博訳／太陽出版）
『オグ・マンディーノ　人生を語る』（オグ・マンディーノ著／由布翔子訳／ダイヤモンド社）
『〈からだ〉の声を聞きなさい』（リズ・ブルボー著／浅岡夢二訳／ハート出版）
「浜村拓夫（・∀・）作品集」（hamamuratakuo ／ 2025-3-6〈参照 2025-3-6〉）https://hamamuratakuo.hatenablog.com/entry/2016/04/19/145644

著者略歴

刀根 健（とね・たけし）

OFFICE LEELA代表／㈳ストロークフルライフ協会理事
1966年、千葉県出身。産業カウンセラー、TA（交流分析）上級コンサルタント。東京電機大学理工学部卒。人事制度の改革や風土改革等のコンサルティング、企業や病院におけるコミュニケーションやリーダーシップの研修講師およびボクシングジムのトレーナーとして活動していたが、2016年9月1日に肺がんステージ4と診断。医者に「いつ心臓が止まってもおかしくない」と告げられ、2017年6月に脳転移治療のため1カ月入院。精密検査で脳の他に両目（眼内腫瘍）、左右の肺、肺から首のリンパ、肝臓、左右の腎臓、脾臓、全身の骨転移が新たに見つかるが、奇跡的に回復。2017年7月末の診察でがんはほとんど消失する。現在はその体験で得たことを中心に講演や執筆などの活動をしている。がん患者の方を中心としたオンラインサロン「みんな、死なない」やブログ「Being Sea」で情報を発信している。著書に『僕は、死なない。』『さとりをひらいた犬』（共にSBクリエイティブ）、『幸せをはこぶネコ』（徳間書店）がある。

人生で後悔しているたったひとつのこと

全身末期がんになってわかった「限りある人生」の使い方

2025年3月27日　初版第1刷発行

著　者　刀根 健
発行者　出井貴完
発行所　SBクリエイティブ株式会社
105-0001　東京都港区虎ノ門2-2-1

ブックデザイン　長坂勇司（nagasaka design）
イラスト　北村人
組版　アーティザンカンパニー株式会社
編集担当　吉尾太一
印刷・製本　中央精版印刷株式会社

ISBN978-4-8156-2821-5